KB209376

오늘도
함께 크고
있습니다

오늘도
함께 크고
있습니다

신태순 김지혜
지음

헤르몬
HERMONHOUSE

프롤로그

24시간 같이 육아, 같이 사업하는 부부로 산다는 것

"신랑, 이번에는 또 어떤 선물을 받게 될까?"

9년간 잘 살던 집에서 갑자기 나가야 한다는 소식을 들었을 때, 아내가 한 말이다. 위기의 순간은 여러 번 우리 가정에 찾아왔지만 결국 우리는 기쁘게 웃을 수 있었다. 왜일까?

남다른 선택을 굳이 하고, 뜻밖의 결과를 자주 맞이하면서 위기를 오히려 기회로 해석할 수 있는 트레이닝을 계속해 왔기 때문이다. 주변에서 흔히 볼 법한 가정이지만 막상 들여다보면 반전에 반전을 거듭하는 우리 부부의 육아와 사업 그리고 자아 성찰에 관한 이야기를 이 책에 담았다.

이 책의 구성에 대해서는 미리 설명할 내용이 있다. 책의 주된 화자는 남편인 신태순 저자가 맡고 있지만 내용 중 나오는 99% 순간들이 아내와 남편이 함께한 에피소드이다. 부부가 함께 만든 책이지만 화자가 둘이 되면, 독자에게 혼란을 유발할 수 있다고 생각했기 때문에 부득이 주된 화자를 한 명으로 정했다.

결혼과 육아를 바라보는 사람들의 시선은 과거와는 180도 달라져 있는 게 사실이다. 요즘은 설렘보다는 두려운 도전에 가깝다고 생각하는 비율이 높아진다는 점을 여러 미디어 통계를 통해 확인할 수 있다. 그런 통계들을 살펴보면, 많은 사람이 결혼과 육아를 자유의 상실, 경제적 부담, 그리고 끝없는 희생과 책임으로 받아들이고 있음을 알 수 있다.

"결혼 안 해도 후회하지만. 하면 더 후회한다.", "아이를 낳으면 경력은 끝나는 거다.", "부부가 같이 일하면 싸우기만 한다." 이런 류의 말들을 한 번쯤은 들어봤을 것이며, 딱히 부정하기 어렵다고 생각했을 것이다.

하지만, 정말 100% 그럴까? 결혼과 육아가 정말 부부의 삶을 제한하고 심지어 불행하게 만드는 것일까? 만약 정말 그렇다면 그 원인은 무엇이고, 조금이라도 바꿀 수 있는 부분은 없을까? 남들이 그렇다고 하면 그런 줄 알고 평생 모범생으로만 살아왔던 우리 부부는 쌓여 왔던 반항기를 바탕으로 이런 의문을 가지며 조금 다르게 살기 위한 몸부림의 시간을 10년 정도 보내왔다. 이 책은 처절한 몸부림 덕분에 만나게 된 조금은(?) 남다른 우리 부부의 육아 그리고 사업에 대한 인사이트를 담고 있다. 매일 밤, 아이들을 재우고 가정의 행복에 감사할 수 있게 된 우리 부부의 행적이 날 것으로 담긴 책이다.

우리 부부는 10년 넘게 거의 24시간을 매일 함께 보내며 두 아들을 키우고 있다. 놀랍게도 이 과정에서 우리는 단 한 번도 크게 싸운 적이 없었고, 몇 개의 사업도 같이 하면서 출·퇴근 제약 없이 육아를 함께 하고 있다. 어떻게 이런 일이 가능했을까? 이 책을 읽어보면 무릎을 탁! 치게 만드는 특별한 힌트들이 쏟아지는 것을 경험하게 될 것이다.

"엄마, 아빠! 우리 호텔 또 언제 가요?"

"윤재야, 오늘도 아빠한테 질문해 줘서 고마워요."

"신랑, 인공지능으로 아마존에 책을 내보자."

이 책은 이런 일상적인 대화들로 가득해서 읽다 보면 시간 가는 줄 모를 것이다. 하지만 이런 대화들 속에는 우리 부부가 치열

하게 고민하고, 실험했던 정수들이 모두 담겨 있다. 우리 부부는 전통적인 육아 방식과 일-가정 양립의 틀을 깨고, 주변에서 전혀 찾아볼 수 없었던 새로운 길을 개척해 보고 있다. 그 과정은 절대로 쉽지 않았지만, 우리가 원했던 방식이었고, 쉬운 길은 아니었다. 이를 통해 더 큰 행복과 성장을 경험했다. 단순히 자기 계발, 육아 팁, 사업 팁을 통해서 도달하기 힘든 은총의 영역이라는 점을 책을 쓰며 다시 한번 알게 되었다.

육아가 힘든 것은 절대 부정할 수 없는 사실이다. 하지만 우리 부부는 '희생'으로서의 육아 개념에서 벗어나, 가족 전체가 함께 성장하는 과정으로 육아를 바라보게 되었다. 아이들과 오랜 시간을 함께 보내는 덕분에 우리도 다시 어린아이로 돌아가서 더 가벼워지고, 세상을 편견 없이 바라보는 법을 배웠다. 호기심 가득한 아이들의 눈으로 세상을 보다 보니, 창의적인 사업 아이디어도 찾아오게 되었다. 자연에 가까운 아이들과 잦은 충돌을 통해 우리 내면에 있는 아이와 더 자주 만나면서 치유의 여정을 함께 할 수 있었다. 순수한 아이들과 함께하면서 신과도 더 가까워질 기회 역시 찾아왔다.

따라서 한 줄로 설명하기 힘든 그 모든 경험을 이 책에 담아보았다. 우리 부부는 사업에 육아를 맞추기보다 육아에 집중하기 좋게 사업 방식을 계속 조정했다. 물론 여전히 맞춰가는 중이지만 아마존에서 책을 출간하고, 온라인으로 강의하고, 대기업과 정부 기관의 영상을 제작하는 식으로 시도해 왔다. 이 과정에서 우리 부부는 더욱 끈끈한 육아, 사업 파트너가 되었고, 서로의 장단점을 보완하며 성장할 수 있었다.

"지혜야, 나는 설거지하면서 유튜브 보는 게 쉬는 거잖아."

"신랑, 아이들이랑 있을 테니까 마사지 좀 받고 와…"

우리 부부의 하루는 서로를 배려하고 존중하는 순간들로 가득하다. 물론 모든 날이 완벽할 순 없겠지만, 우리는 어떤 상황에서도 함께 웃을 방법을 계속 하나씩 찾아가고 있다. 이 책에서 독자님들은 다음과 같은 특별한 이야기들을 만나게 될 것이다.

유치원 졸업식에서 오줌싼 이야기를 꺼낸 아빠

세상에서 가장 조용한 돌잔치

인복 있는 아이로 어떻게 키울까?

우리 부부가 아이에게 계속 질문하는 이유

경계 없는 아이에게 배우자

무 취향이라 다행이야

다이아몬드와도 바꿀 수 없는 큐빅 반지

역대급 위기에서 만난 거대한 존재

육아 덕분에 오히려 높아진 효율

우리 부부가 최고의 사업 파트너가 된 의외의 이유

신(神)의 사랑을 믿는다는 것

우리 부부는 이 책을 통해 결혼을 고민하는 분들, 아이를 낳을지 망설이는 분들, 부부 사이 개선에 대한 고민이 있는 분들, 부부가 함께 사업을 할지 고민하는 분들, 제도권에서 조금은 벗어난 육아 방식을 선택하려는 분들에게 용기를 주고 싶다. 물론 우리 부부의 방식이 모두에게 정답은 아니라는 것을 아주 잘 알고 있다. 다만 이전에 보지 못했던 하나의 새로운 선택지를 제시할 수 있기를 바라는 마음으로 이 책을 집필했다.

우리 부부의 이야기가 독자님의 결혼과 육아에 대한 두려움을 줄이고, 오히려 기대와 설렘을 안겨줄 수 있기를 바라며, 가정이 희생과 책임과 의무의 장소가 아니라, 오히려 성인이 된 부부를 안전하게 지켜주고 폭발적으로 성장시키는 특별한 공간이 될 수 있다는 희망을 전하고 싶다.

'마음만은 천국에' 이 책에 나오는 목차 중 하나다. 어떤 상황에서도 우리의 마음만큼은 행복하고 평화로울 수 있다는 믿음, 그리고 그 믿음이 현실을 바꿀 수 있다는 확신, 이것이 우리 가정을 행복하게 지탱해 준 힘이다. 지금 우리가 발을 딛고 서 있는 현실에서 천국을 발견하려는 시도가 필요하고, 그 지점부터 서서히 밝은 빛이 물들어 갈 수 있음을 경험하고 있다.

이제, 이런 우리 가족의 특별한 모험 속으로 독자님을 초대하려고 한다. 이 여정은 독자님의 삶에 분명 새로운 가능성을 열어 줄 것이다. 함께 웃고, 울고, 성장하는 우리 가족의 이야기로 함께 들어가 보면, 완벽하지 않아서 오히려 더 행복해지는 특별한 경험을 독자님들도 누릴 수 있게 될 것이다. 10년을 같이 육아하고, 같이 사업하는 우리 부부의 이야기가 독자님께 작은 위로와 용기가 되기를 진심으로 바란다.

차례

CONTENTS

2

같이 성장하는 부부 이야기

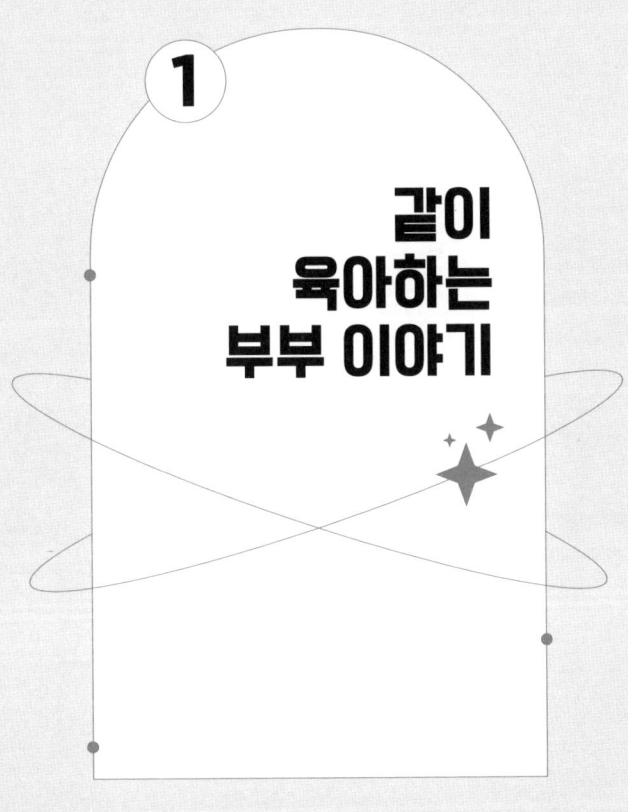

1

같이
육아하는
부부 이야기

유치원 졸업식에서
오줌싼 이야기를 꺼낸 아빠

"신랑, 윤재 유치원 졸업식 때 축사할 부모님이 필요하다는데, 할 생각 있어?"

"아, 정말? 떨리긴 하는데…, 하실 분 안 계시면 내가 해도 되고."

나는 적극적으로 나서는 것은 자제하지만 판을 깔아주면 누구보다 책임감 있게 준비하는 편이다. 그런 나의 특성을 잘 알고 있는 아내는 툭 하고 좀 더 용기를 불어넣는다.

"한번 해봐. 영상도 찍어 줄게. 하면 잘할 거면서."

"하면 또 내가 기가 막히게 하지 ㅎㅎ. 지원자 없으면 내가 한다고 전해줄래?"

"알았어. 선생님께 말해 둘게~"

유치원 졸업사를 하겠다고 적극적으로 지원한 부모님은 안 계셨고, 결국 나는 졸업 축사를 하기로 결정되었다.

"지혜야, 근데 어떤 말을 해줘야 유치원 친구들한테 오래 기억에 남을까?"

"자기는 윤재랑 유치원도 맨날 같이 가고, 대화도 자주 했잖아. 자기가 정답을 잘 알고 있을 것 같은데?"

"그치, 내가 너무 유치원 친구들이랑 거기 오신 부모님들까지 염두에 두고 주제를 정하려 하니까 더 막막했던 거 같네. 윤재한테 아빠가 들려주고 싶은 이야기에만 집중해도 되는 건데 말이지."

내가 윤재에게 들려주고 싶은 이야기를 곰곰이 떠올려 봤다. 매일 유치원에 함께 걸어 다니면서 나누었던 이야기들도 돌이켜 봤다. '윤재야, 지금 잘 못해도 괜찮아. 처음부터 잘하는 사람은 없어. 즐기면서 익숙해지면 점점 더 잘하게 되는 거야.' '윤재야, 무조건 1등만 할 필요는 없어' 등등. 경쟁 상황에 놓일 때마다 답답함을 종종 표출했던 윤재에게 해주었던 말들이 떠올랐다.

우리 부부는 그때마다 괜찮다고 말하고, 지금도 충분히 잘하고 있다고 말해주었다. '아 그래, 실수해도 괜찮다고 말해주자.' 그래서 나는 졸업하는 친구들에게 실수해도 괜찮다고 말해주고, 졸업식에 함께 온 부모님들께도 자녀의 실수에 대해서 괜찮다고 말해주자고 당부하는 축사를 준비했다.

유치원 때 기억이 별로 없던 내가 지금도 생생히 기억하는 어릴 때 실수가 하나 있다. 바로 유치원에서 쉬를 참다가 바지에 실례를 해버렸던 일이다. 그때 선생님께 급하다고 말하지 못해 참고 참다가 쉬를 해버렸고 결국, 어머니가 새 바지를 들고 와서 새 옷으로 갈아입혔던 헤프닝이었다.

당시에는 꽤 커다란 사건처럼 느껴졌고 그래서 지금까지 생생한 장면으로 남아있다. 그때, 선생님과 어머니는 나에게 괜찮다고 말하면서 다음부터는 꼭 이야기하라고 잘 달래주셨다.

아이가 어떤 실수를 하면 당황하고 걱정하게 되는데 주변에서 그 실수를 확대하거나 혹은 호되게 야단을 치면 실수에 대한 두려움이 더 생기고 그 실수로 인한 상처로 오래 고통받는다. 하지만 주변에서 부모와 어른이 괜찮다고 말해주고, 침착하게 상황 설명을 해주면 아이도 실수한 상황에 대해서 조금 더 차분하게 바라볼 수 있게 된다.

사실, 아이들이 실수하고 나면 자신의 실수가 아니라고 억지 부리거나 현실에 대해 부정하는 경우를 볼 수 있다. 속으로는 자신이 실수한 것을 알면서도, 혼나기 싫어서 실수를 부정하며 자기의 행동을 스스로 속이는 것이다. 이렇게 실수를 건강하게 받아들이지 못하는 태도는 성인이 되면서 점점 더 많은 문제를 낳는다. 즉, 거짓말을 더 자주 하게 되고 실수를 피하려고 안전한 길만 찾으며 도전하지 않게 된다.

"우리 친구들, 실수해도 괜찮아요. 우리 부모님들도 친구들이 실수해도 괜찮다고 말해주실 거지요?"
"네~"

윤재의 유치원 축사를 위해서 나는 바지에 오줌을 싼 이야기까지 꺼냈다. 축사를 마치고 인사를 하는데 예상치 못한 뜨거운 박수를 받았다.

"눈물 날 정도로 감동적이었어요. 축사 부탁 안 드렸으면 큰일 날 뻔했어요."

"감사합니다. 선생님. ㅎㅎ 사실 너무 떨렸는데 잘 끝나서 다행이네요."

졸업식 끝나고 집에 돌아와서 윤재에게도 물어봤다.

"윤재야, 오늘 아빠 많이 떨었는데…, 좀 어땠어?"
"괜찮아 아빠, 조금 떤 것 같은데 나름 괜찮았어."

윤재는 쓰윽 고개를 돌려 나를 쳐다보더니 특유의 눈웃음을 지으며 힘차게 엄지를 치켜세웠다.

같이 육아

육아하면서 습관적으로 하려고 노력하는 말이 바로 '괜찮아'

이다. 아직 세상에 대해 모두 파악하지 못한 아이들이 문제 상황에 부닥쳤을 때, 문제가 생기는 건 괜찮지 않다는 인식을 무의식적으로 갖게 될까 봐 걱정해서이다.

사람들은 자라면서 '실수하지 마라'는 말을 주로 듣고 자란다. 그리고 실수하면 혼나면서 실수를 반복하지 않는 학습을 한다. 하지만 어른이 되어 현실을 마주하면 알게 되는 것이 있다. 실수하지 않고서는 성장할 수 없는 게 인생이라는 사실이다.

어렸을 적부터 실수에 대한 두려움을 너무 많이 학습한 나머지, 성장이 멈추는 선택을 하는 어른들이 늘고 있다. 실수하고 넘어져도 다시 일어나면 된다는 생각을 가진 어른으로 아이들이 성장했으면 하는 바람이다.

매일 아이들과 등·하원 하는 뜻밖의 이유

"빨리 서둘러~ 유치원 차 떠나겠다~"

아이가 유치원 차를 놓치지 않으려면 아침 일찍 서둘러야 한다. 유치원 차는 태워야 하는 친구들이 많다 보니 일찍 아이를 태우고 동네를 크게 돌고 돌아 한참 뒤 유치원에 도착한다. 만약 우리 부부가 아침 일찍 출근해야 하는 상황이라면 유치원 차에 일찍 태워서 보내야만 했을 것이다.

하지만 출근하지 않는 방식으로 사업을 꾸려가고 있었기 때문에 유치원 차에 일찍 태워 보내지 않아도 괜찮은 상황이었다. 그래서 첫째는 어린이집도, 유치원도 차를 타고 가지 않고 항상 나와 함께 걸어서 가거나 두 정거장 정도 일반 버스를 같이 타고다녔다. 그리고 하원할 때는 유치원 차를 타고 오는 아이를 아내와 같이 마중나갔다.

"너무 가정적인 것 같아요~" 굳이 아이와 함께 등원하고, 밖에 있다가도 하원시키러 돌아간다고 하면 주변에서 이렇게 말했다. 그런 이야기를 들으면 부끄럽다는 생각이 먼저 드는 게 사실이다. '내가 정말 가정적인 게 맞나?' 이런 생각이 들기도 했다.

"지혜야, 나는 사실 가정적이라는 말을 들을 때, 좀 부끄러워. 솔직히 말하면 좀 이기적인 이유로 아이랑 같이 시간을 보내는 것도 있는 거라서."

"그래도 아이랑 같이 시간을 보내고 싶어서 하는 것 자체로도 가정적인 거라고 말할 수 있을 것 같은데?"

"그런가…, 나는 윤재랑 손잡고 가면서 유치원에서 있었던 일을 듣고, 내 고민도 편하게 윤재한테 털어놓으면 힐링이 되거든. 내가 필요해서 윤재랑 붙어 있으려고 하는 건데, 가정적이라는 표현을 듣는 게 맞나 죄책감이 들기도 하더라고."

"죄책감 가질 필요 없어. 나는 정말 감사한 일이라 생각해, 아빠가 아이랑 시간 보내는 걸 즐거워해서…"

첫째는 어느덧 유치원을 졸업하고, 초등학교 2학년이 되었고, 둘째도 어린이집을 다니기 시작했다. 두 아들은 격하게 놀다가 크게 다투기도 해서 우리 부부는 혼도 많이 낸다. 최대한 주의하려고 하지만 어린 동생보다 4살 많은 형을 나무라는 경우가 좀 더 생겨서 첫째 윤재에게 항상 미안한 마음이 크다. 그러다 보면 윤재가 우리에게 서운한 마음이 계속 쌓여가는 게 보였다. 그러면 나는 집에서 멀지 않은 학교를 윤재와 같이 걸어가면서 속상했던 이야기를 들어준다. 나도 첫째 아들로 자라며 비슷한 상황에 놓여봤기 때문에 더욱 공감하면서 속 이야기를 들을 수 있다.

둘째 윤호 역시 아직 어리지만 속상한 일들이 매일 매일 생긴다. 그러면 형이 학교 가고 나서 엄마랑 아빠랑 같이 어린이집에 갈 때, 속상한 마음을 들어주고 달래준다.

우리 부부는 아이들의 그런 속마음을 등·하원 길에서 매일 들으면서 어떤 부분을 주의해야 할지 파악도 하고 같이 반성도 한다.

아이들만 위로받는 것은 아니다. 우리 부부도 속상한 일이 있을 때는 아이들에게도 털어놓는다.

"엄마가 오래 준비했던 일이 있는데, 갑자기 중단되어 버렸어."
"아빠가 좋아했던 친구가 있는데, 먼 나라로 이사가 버렸어." 등
등. 아이들은 무거운 엄마 아빠의 이야기를 들으면 토닥토닥하면
서 몸을 두드려 주기도 한다. 때론, "괜찮을 거야~"라고 속 편한
말 한마디를 던지기도 한다.

엄마 아빠의 고민이 무슨 의미인지는 잘 몰라도 그저 순수한
위로의 마음이 담긴 그런 말들을 들으면 정말 마음이 편해진다.
주변에 친한 친구에게 고민을 말하고 위로받을 수도 있겠지만, 오
히려 '상대방이 어떻게 생각할까?' '부담을 주는 것은 아닐까?' 걱
정될 때도 있다. 그런데 아이들은 심각한 이야기도 가볍게 듣고,
가볍게 말해주는 능력이 있다. 그런 아이들의 반응을 보면서 심각
한 상황이 정말 가볍게 느껴지는 마법 같은 일들이 벌어진다.

조막만 한 손으로 토닥토닥 해주면 얼마나 힐링이 되는지 모른
다. 어른을 통해서는 얻을 수 없는 힐링의 시간을 아이들은 엄마
아빠에게 줄 수 있다. 내가 앞에서 이기적인 이유로 아이와 등·하
원을 같이 하는 거라고 말했는데, 아이들과의 등·하원 길은 서로
의 속마음 이야기를 하며 위로도 하고 혹은 아무 말이나 하면서 깔
깔거릴 수도 있는 우리 부부에게는 꼭 필요한 시간이기 때문이다.

내 시간을 희생해서 육아하는 데 쓴다고 생각하면, 그 시간이 날아가는 것에 아쉬움이 남고 심하면 아이에 대한 원망으로 발전하기도 한다. 하지만 단순히 육아시간이 아니라 아이의 도움으로 어른들이 힐링을 얻고, 가족이 쌓인 것을 푸는 시간이라고 생각한다면 그런 시간은 없으면 안 되는 귀한 시간으로 느껴질 것이다. '그렇긴 하지만, 출퇴근하는 맞벌이 부부에게는 너무 먼 이야기네요.'라고 생각하는 분도 당연히 있다. 그래서 우리 부부가 출퇴근하지 않기 때문에 이런 경험을 할 수 있었다는 이야기를 앞서 먼저 꺼낸 것이다.

같이 육아하고, 그 상황을 좀 더 즐거운 일로 만들기 위해서는 단순히 의지만으로는 되지 않는 게 사실이다. 때문에, 우리 부부는 출퇴근하지 않고서도 수익을 창출할 노력을 지속적으로 해왔고 점점 더 우리가 원했던 환경을 갖춰가고 있다.

매일 등·하원 할 수 있는 현재의 환경에서 말씀드렸지만, 꼭 그런 환경이 아니라도 이러한 관점으로 육아하는 시간을 바라보면 그 시간에 대한 밀도가 달라질 거라고 확신한다. 육아하는 시간은 희생하는 시간이 아니라, 서로 힐링하기 위한 시간이라고 새롭게 규정하고 그다음 거기에 맞춰서 의미를 계속 찾아가 보는 것인데, 여기에서 어떤 보석 같은 의미를 발견하게 될지는 아무도 모른다. 이 책을 보고 자신만의 보석을 발견하는 분이 한 분이라도 계시면 우리 부부는 무척 감격스러울 것 같다.

같이 육아

　　너무 이상적인 상황이라고 생각할 수도 있다. 아침에 보채지 않고 아이를 보낼 수 있는 상황에 있는 부모님이 그리 많지는 않을 거라는 것도 잘 알고 있다. 우리 부부도 아침에 출퇴근해야 했다면 전혀 엄두도 못 냈을 이야기이다. 하지만 우리는 그렇게 아침을 보내게 될 것이라는 상황을 미리 알고 있었기 때문에 출퇴근하지 않는 삶을 일찍부터 준비하고, 같이 육아할 수 있는 환경을 만들기 위해 노력했다. 어쩌다 운이 좋아서 출퇴근을 하지 않게 된 것이 아니라, 오전에 아이를 보채지 않게 하려면 우리는 어떤 삶을 살아야 하는지에 대한 답을 정해놓고, 철저히 그 방식을 준비해 왔던 것이다. 그리고 그런 과정에서 뜻밖에 더 큰 선물이 우리 가족을 기다리고 있었다는 점을 말하고 싶었다. 무작정 출퇴근하지 않는 삶을 만들자고 부추기는 글이 절대 아님을 다시 한번 전해본다.

아들과 같이 바라본
나이아가라 폭포

"윤재야, 너 성공했다. 아빠는 30살 넘어서 처음 해외 갔는데 1살에 미국도 가고."

윤재는 태어난 지 1년도 채 되지 않아 외할아버지와 외할머니가 계신 보스턴행 비행기를 탔다. 두 분께서는 첫 손주인 윤재가 미국에 올 때마다 최대한 많은 곳을 데려가고 싶어 하셨다. 그래서 윤재가 2살 때, 두 번째 미국 방문을 했을 때는 나이아가라 폭포를 보러 떠나는 여정을 준비해 주셨다.

보스턴에서 차를 타고 뉴욕에 도착해 처제 집에서 잠깐 머무르다가 뉴욕에서 다시 나이아가라로 가는 10시간 정도 되는 장거리 여행이었다.

"지혜야, 윤재가 2살인데 너무 길고, 힘든 여행 아닐까? 좀 걱정되네."

"음…, 차에서 토하기라도 하면, 다 같이 더 고생할 거라서 나도 좀 걱정되긴 해."

우리 부부는 출발 전부터 어린 윤재 걱정으로 여행의 설렘을 반쯤 깎아 먹고 시작했다. 하지만 손주를 배려해 짜주신 여정이라 차 타고 가는 중간중간 자주 내려 공원도 구경하고 팬케이크 가게에서 달달한 음식도 먹으면서 무척 여유롭게 목적지까지 도착했다.

장거리를 자동차로 여행하는 동안 2살밖에 안 된 윤재는 카시트에 앉아서 잠도 잘 자고, 말똥거리면서 차 밖을 쳐다보기도 하고, 깔깔거리기도 하면서 자기만의 여행을 즐겼다.

"지혜야, 이 정도 오래 차 타면, 어른들도 힘든데, 윤재는 완전

여행 체질인가 봐."

"그러게, 말이야. 출발 전에 우리 둘이 엄청나게 걱정했는데…."

주변 사물을 구분하지 못할 만큼 어두워져서야 숙소에 도착했고, 다음날 아침 나이아가라 폭포 구경을 하기 위해 모두 일찍 잠을 청했다. 이른 아침, 나이아가라 폭포를 향해 가는 길은 뿌연 물안개가 낮게 깔려 있었다. 그 안개를 뚫고 유모차를 밀고 가는 길은 꽤 울퉁불퉁했다. 하지만 손주에게 멋진 폭포를 보여주고 싶은 장인, 장모님의 열기는 안개를 다 날려버릴 듯 뜨거웠다.

왼편에 흐르는 물줄기를 따라 한참을 가다 보니, 멀리서 수많은 인파가 아래를 내려다보며 연신 감탄하고 있는 모습이 보였다. 물이 끊임없이 부서지는 거대한 소리와 함께 하늘에 걸린 푸른 커튼 같은 폭포수를 보자마자 그곳까지 힘들게 찾아온 이유가 단번에 납득되었다.

빙하가 녹아 만들어진 나이아가라 폭포수를 보니 까마득한 옛날부터 지금까지 우리 일행을 기다려 줘서 고맙다는 말이 절로 나왔다.

'말로 표현하기 힘든 거대한 자연 앞에 서니까, 우리 인생이 확 짧게 느껴지는구나.'라는 생각이 들었다. 어제까지만 해도 나이아가라 폭포까지 가는 여행길이 멀게만 느껴지고, 도착 예정 시간에 계속 눈이 갔었는데…. 빙하기 말기부터 시작해서 1만 2000년 전에 만들어진 나이아가라 폭포를 보니 어제와 완전히 다른 시간대로 여행을 온 기분이 들었다.

"지혜야, 어제까지만 해도, 자동차 안에서 그 긴 시간을 어떻게 버틸까, 걱정했는데 그 걱정들을 참 부끄럽게 만드는 광경이다."

"맞아, 이렇게 거대한 자연은 그 옛날부터 우리 가족을 쉬지 않고 기다리고 있었는데 말이야."

2살밖에 되지 않은 윤재는 천둥 같은 폭포 소리가 무서워서 한참을 울기도 했지만, 나중에는 끊임없이 내려오는 폭포가 신기한지 유심히 쳐다보다가 유모차에 앉아 스르륵 잠이 들었다.

거대한 자연이 밤낮을 가리지 않고 사람들을 기다리고 있듯이, 우리 부부도 아이에게 그런 존재가 되었으면 좋겠다고 생각했다.

'우리, 아이가 방황하다가도 언제든 돌아올 곳이 되어주자! 무슨 일이 있어도 계속 기다려 주자!'

두 아이의 육아에 빠져 있다 보면 조바심도 나고 인내심이 바닥나는 때가 자주 찾아오는데, 우리 부부는 그때 함께 보았던 나이아가라 폭포를 떠올리며 급하게 돌아가는 우리의 시계를 살짝 살짝 늦춰보곤 한다.

같이 육아

우리 아이는 왜 더 빨리 한글을 마스터 하지 못할까? 왜 다른 아이처럼 영어로 말 못 할까?' 아들 둘이 자라면서 접하게 되는 주변의 성장 이야기들을 들으면 매번 더 빠른 속도로 달려야 할 것 같은 마음이 든다. 정작 아이들은 답답해할 것이 없는데 부모 입장에서는 지금 뒤처지는 것이 평생 뒤처지는 것 같은 공포심으로 다가오기도 한다.

아이들과 어른들의 시계는 다르게 흐르는데, 어른의 시계에 맞춰 달리는 아이들이 많아지면서 어느새 빠른 속도가 정상 속도처럼 받아들여지고 있다. 아이에게는 아이에게 필요한 자연스러운 성장의 시간이 필요하다고 생각한다. 그리고 그 시간을 묵묵히 기다려 주는 것이 부모의 역할이다. 그러다 뒤처질지도 모르는데 속 편한 생각이라고 할 수도 있다. 맞다! 하지만 아이가 부모에게 되돌아갈 다리를 끊어버리면서까지 속도를 내는 아이로 키우고 싶지는 않다. 언제나 기다려 주는 부모가 존재한다는 믿음이 있다면 지금 늦은 아이의 속도는 아무런 문제가 되지 않는다는 것을 알아차리는 어른들이 더 많아졌으면 좋겠다. 그것이 아이를 진정 행복한 존재로 키우는 가장 빠른 지름길이니까.

코로나에 찾아온 둘째 아들의
우당탕탕 적응기

"윤재가 드디어 형님이 되었네, 축하한다~." 둘째 소식을 꼭 듣고 싶었던 양가 부모님의 기다림이 조바심으로 바뀌기 직전에 우리 부부에게는 둘째가 생겼고, 2020년 새해 시작 후 며칠 지나지 않아 윤호가 태어났다.

'봄이 되면 윤호를 유모차에 앉히고 윤재와 함께 나들이를 실컷 다닐 수 있겠지?' 우리 부부는 새 식구와 함께 맞이할 봄을 떠올리며 한껏 설레고 있었다.

"지혜야, 몸 괜찮지? 금방 지나가겠지만, 요즘 감기 같은 게 엄청나게 유행이래. 우리 가기로 한 산후조리원에 이제 남편도 같이 못 있는다고 연락이 왔어."

"괜찮아. 어차피 윤재가 있어서 우리가 같이 산후조리원 있는 건 어려웠으니까. 그래도 유행이 심하긴 심한가 봐, 아기 면회도 남편 말고는 안된다며."

윤재가 태어났을 때보다 신생아와 가족이 접촉하는 게 까다로워질 정도로 코로나 팬데믹은 스르륵 찾아왔다. 한때의 유행처럼 금방 흘러갈 것 같던 코로나는 신발에 엉겨 붙은 껌처럼 우리 가족과 한국 그리고 전 세계를 괴롭히기 시작했다.

"여보, 윤재 어린이집에서 확진자가 나와서 또 휴원이라고 하네."

"또 휴원이라고? 그러면, 윤재 코로나 검사 또 하러 가야 해?"

"에휴…"

봄날의 설레는 소풍을 기대했던 우리 가족은 마스크 없이 외출할 수 없는 상황에 적응해 갔고 어린이집과 유치원이 휴원이라도 하면 며칠씩 집에서 보내는 게 당연해지기 시작했다.

'이래서는 우리 전부 우울증 걸리겠어.' 우리 부부는 다양한 보드게임을 구매해서 윤재와 같이 집에서 더 즐겁게 노는 방법을 찾기 시작했다. 덕분에 윤재는 어릴 때부터 보드게임을 갖고 노는 데 익숙해졌고, 어려운 난이도의 게임도 꽤나 잘 즐겼다. 그리고 우연히 유튜브에 나오는 컵 쌓기 스포츠를 본 윤재는 컵 쌓기에 빠져서 조그마한 손으로 엄마, 아빠보다 빠르게 컵을 쌓는 단계까지 도달했다.

"도저히 나는 윤재 속도를 못 따라가겠네. 어찌나 손이 빠른지."

"5살밖에 안 됐는데 컵 쌓기 장인이 되었네. 집에서 놀이하다가 적성을 찾은 건가? ㅎㅎ"

1년, 2년, 3년간 이런 시간이 지속되면서 밖에서 마스크를 쓰지 않으면 어색하고, 일주일에 유치원을 한 번도 안 빠지고 가면 섭섭한 날들이 지속되었다. 출퇴근에 얽매이지 않고 돈 버는 방식을 진작부터 파고들고 있지 않았다면 정말 큰일 날 뻔했다.

유치원이나 어린이집에서 긴급하게 연락이 오면 우리 부부는 낮에 아이들을 챙겨야 하는 일이 잦았지만 대부분 무리 없이 그런 이벤트에 대응할 수 있었다. 또한 처음부터 윤호를 봐주셨던 이모님도 계셔서 오랜 시간 든든하게 지원받을 수 있었다.

집에서 했던 놀이가 지겨워져 갈 때쯤, 닌텐도 스위치 게임기까지 샀고, 윤재는 마리오 게임에도 한동안 흠뻑 빠져서 살았다. 지금 돌이켜보면, 악몽같이 답답한 시간이었다. 마스크로 가린 얼굴이 익숙해지고, 여름에 땀을 흘리면서도 마스크를 꾸역꾸역 쓰며 답답한 호흡에 지쳐갔다.

태어나자마자 코로나가 찾아와서 잘 써지지도 않는 마스크를 걸치듯이 쓰고 있느라 고생했던 윤호의 모습을 떠올리면 지금도 가슴 한쪽이 찡하게 아려온다. 왜 더 빨리 떠나지 않았냐고 따져 묻고 싶었던 코로나 팬데믹 속에서 용케도 잘 적응했던 우리 아이들에게 그저 감사할 따름이다.

'아이들이 없었으면, 우리 부부도 버티기 힘든 순간이었을 거야.' 코로나 팬데믹 상황에서는 항상 아이들을 먼저 걱정하고, 문제 생길까 봐 더 신경 쓰며 살았다고 생각했다. 그런데 돌아보니, 그 시간 속에서 오히려 아이들 덕분에 우리 부부가 응원받고 버틸 수 있었다는 사실을 깨달았다.

좋은 날에는 좋은 대로, 좋지 않은 날에는 좋지 않은 대로 윤재와 윤호는 우리 부부를 그저 더 잘 살고 싶게 만들어 주는 소중한 존재였다.

같이 육아

　코로나 팬데믹이라는 어려운 시기를 통해 아이들과 함께 보내는 시간 자체가 얼마나 값진 선물인지, 작은 행복에 감사할 줄 아는 마음이 얼마나 중요한지 더 잘 알게 되었다. 집에 거의 갇혀 지내다시피 했던 시간 동안 다양한 놀이를 함께 즐기며 새로운 추억을 쌓아갔고, 아이들의 웃음과 함께 우리 부부도 견뎌낼 수 있었다.

　걱정과 두려움이 컸던 시기였지만, 가족이 서로에게 가장 든든한 버팀목이 되어주었다. 아이들이 나중에 이때를 어떻게 기억할지 모르겠지만, 힘든 시기를 즐겁게 이겨낸 추억이 되었으면 하는 바람이다. 그리고 훗날 아이들이 마주할 뜻밖의 위기 상황도 유쾌하고 즐겁게 잘 이겨나갈 수 있는 경험, 자산이 되었으면 좋겠다.

이러다 콧구멍이
남아나지 않겠어

"윤호가 열이 안 떨어지네. 병원 다녀와야 할 것 같아."
"열이 이렇게 오래 간 적이 별로 없었는데, 코로나는 아니겠지?"

겨우 아기 마스크가 귀에 걸릴 정도만큼 자랐던 윤호는 코로나 팬데믹 동안 코로나에 걸리지 않고 잘 버텨주었다. 우리 부부와 윤재가 윤호를 위해 좀 더 조심하면서 노력했던 부분도 있었다.

그런데 코로나를 온전히 일상으로 받아들일 때쯤 되어 갑자기 주변에서 코로나에 걸리는 사람들이 급격히 늘어나기 시작했다.

어린 아기가 있다 보니 우리 가족은 거의 외부 노출을 하지 않으면서 코로나를 최대한 피해 다녔다. 그래서 집에서 검사는 많이 했지만 실제로 누구도 코로나에 걸리지 않고 잘 버티고 있었다.

그러던 어느 날 윤호가 병원을 다녀왔는데, 간이 검사로는 음성이 나왔지만 확실치 않으니, 검사를 다시 해보라는 권고를 받았다. 윤재가 다니던 유치원에서 코로나 환자가 생겼을 때 다 같이 검사한 적은 몇 번 있었지만, 우리 가족 중에 코로나가 의심되어서 검사를 제대로 하게 된 것은 처음이었다.

"여보, 월드컵 경기장에서 주말에 검사한다고 하니까, 거기로 가자."
"아, 분명 코로나 아닐 거 같은데, 우리 가족이 지금까지 얼마나 자주 검사했는데…. 아주 콧구멍이 남아나지 않겠어."

갈지 말지 서로 의견이 분분했지만, 주말 동안 걱정을 덜 하고 편하게 있기 위해서 검사장으로 다 같이 차를 타고 갔다. 어린 윤호는 아기 시트에 살짝 눕혔고, 그 옆에 윤재도 시트에 앉아서 월드컵 경기장으로 가고 있는데 윤호가 갑자기 기침을 심하게 했다. 차를 타고 가면서 아기 마스크를 씌워두었는데, 답답했는지 토를 하면서 기침을 한 것이다. '아차, 마스크는 좀 빼놓을 걸… 얼마나

답답했을까?'

미안한 마음으로 우리 부부는 토사물을 물티슈로 급하게 닦아 냈다. 겨우 안정을 찾은 윤호를 안고 검사 마감을 하기 전에 도착해야 한다는 생각으로 주차장에서부터 다 같이 뛰기 시작했다. 멀리 천막 같은 게 보이기 시작했고 환한 불빛 아래에 마스크를 쓴 사람들이 길게 줄을 서고 있었는데 관리하시는 분들은 이제 검사 마감을 하려고 분주한 상황이었다.

다행히 마감되기 전에 우리 가족은 줄을 서게 되었고, 미리 콧구멍 근육도 풀기 시작했다. 한두 번 검사한 것도 아니지만, 그 시큰한 느낌을 떠올리면 줄에서 이탈하고 싶은 욕구가 불쑥불쑥 올라왔다. '참, 어른도 이렇게 두려운데, 아가들은 얼마나 힘들까?'

아이들은 검사할 때, 움직이면 위험해서 몸과 얼굴을 힘주어 꽉 붙들어야 했다. 그리고 그 역할은 당연히 엄마 아빠의 몫…. 싫다고 발버둥 치는 아이, 아프다고 우는 아이를 우악스럽게 잡는 그 상황은 다시 떠올리기도 싫은 끔찍한 순간이다.

윤호는 검사하다가 깐마늘만 한 코에서 코피까지 나기도 했다. '아, 이 힘든 시간은 도대체 언제 끝날까? 과연 끝은 있는 걸까?' 극도로 외부 활동을 하지 않고, 칩거하듯이 살며 버텨냈던 코로나 팬데믹 속에서 우리 가족은 마지막 검사를 장렬하게 치렀다.

왜냐면, 그때 모두 코로나 양성 반응이 나왔고 격리 조치가 되었기 때문이다. 이때는 가족끼리 집에서 외출하지 않고 자체 격리하는 방식으로 초기 유행 때보다는 가벼운 격리였다. 당시 우리 부부는 기침도 많이 하고, 몸살도 세게 와서 목도 심하게 아프고 정말 힘든 상황이었다. 그런데 아이들은 2~3일 열이 나는 거 말고는 따로 컨디션이 나빠 보이지도 않았다. 아이들이 코로나 걸리는 게 항상 걱정되어서 몇 년간 과하게 조심하며 살았는데, 막상 코로나에 가족들이 다 걸리고 나니 어른들만 두들겨 맞은 것처럼 아팠고, 아이들은 일반 감기처럼 지나갔다.

"지혜야, 아이들은 우리 생각보다 더 강한데, 항상 더 과하게 아이들 걱정을 하는 것 같아."
"맞아, 막상 코로나 걸리니까 어른들만 맥을 못 추고…. 정작 아이들이 우리보다 더 강한 거였어." ㅎㅎ

다행히 지금은 코로나 팬데믹에서 벗어나서 검사를 자주 해야 하는 일은 사라졌다. 하지만 과거에 툭 하면 코를 쑤시며 '이러다 정말 콧구멍이 남아나질 않겠어'라고 투덜거렸던 기억은 쉽게 사라지지 않을 것 같다.

같이 육아

아이들의 건강과 관련된 문제는 아무리 과하게 걱정해도 부족하다고 생각하기 쉽다. 실제로 그렇게 걱정하면서 아이들을 돌봐야 하는 부모님들도 있다. 하지만 가끔은 어른들이 아이들을 너무 연약한 존재로만 대하는 것은 아닌지 하는 생각도 든다.

코로나에 걸렸을 때뿐 아니라, 아이들이 뛰어놀다가 다쳤을 때도 우리 부부는 속상한 마음에 발을 동동거리곤 했는데, 그럴 때마다 아이가 "엄마 아빠, 나 괜찮아~"라고 쿨하게 걱정을 가라앉히는 말을 하면 웃어야 할지, 울어야 할지 모르겠다. 하지만 한 가지 분명한 건 우리 부모들의 우려보다 아이들은 강한 존재라는 사실이다. 아이에 대한 걱정을 없앨 수는 없지만 아이에 대한 믿음도 그만큼 균형 있게 가져가려는 노력이 부모에게 필요한 것 같다.

차라리 내가
다치는 게 낫지

"여보! 여보! 윤재 다리 한번 봐봐. 윤재가 왜 자지러지게 울지?"
"윤재야 어디 아파?"

유지현 원장님과 중국어 수업을 마치고 배웅하던 참이었다. 3살 된 윤재도 배웅한다고 뛰어오다가 엄마 발을 밟고 쫘당 넘어졌는데 평소 같으면 벌써 울음을 그칠 법도 한데 계속 그치지 않았다. 상황이 심상치 않다는 느낌이 들었고 등골에서 쫘악 땀이 솟기 시작했다.

윤재는 발을 부여잡고 계속 울기만 했고, 그 근처는 건드리지도 못하게 했다.

"주말이라…, 일단 빨리 응급실에 가자!"

아내를 꽉 끌어안고 자지러지게 우는 윤재를 데리고 옷도 갈아입히지 못한 채 근처 세브란스 병원으로 향했다. 마침 유지현 원장님이 병원까지 운전해 주시고, 윤재가 치료받는 동안 곁에서 우리 부부를 안심시켜 주셨다.

응급실에 도착해서도 윤재의 울음은 그칠 기미가 보이지 않았다. 아내의 하얀 목은 윤재가 손으로 꽉 움켜잡고 있던 터라 손톱자국이 나서 붉은 선으로 가득 찼다. 아내 역시 정신이 없어서 아픈 줄도 모르고 우는 윤재를 계속 달래고 있었다. 응급실 안에 치료하는 곳에는 보호자 한 명만 들어갈 수 있는 상황이라 나와 유지현 원장님은 밖에서 기다렸지만, 윤재의 울음소리만 들릴 뿐 치료 소식은 전해 듣지 못했다. 중간에 엑스레이 찍을 때 잠깐 동반했는데, 윤재가 너무 무서워서 발버둥을 치니까 다 같이 윤재 몸을 꽉 붙잡고 있어야 했다.

찢어지는 울음소리, 발버둥 치는 아이, 어떤 상태인지 전혀 감이 안 잡히는 상황에서 멘탈을 부여잡는 게 쉽지 않았다. '집에서 발을 살짝 삐끗했는데 별일 있겠어. 괜찮을 거야.'라며 맘을 다독였다. 하지만 윤재의 발에는 금이 갔고, 생각보다 상태가 심각해서 결국 깁스해야 했다.

몇 시간 동안 쉬지 않고 울었던 윤재는 지쳐서 아내 품에 묻혀 잠이 들었고, 그 상태로 집까지 돌아왔다. 더운 여름이었지만 한동안 윤재는 깁스를 한 채 발이 다 나을 때까지 한 달 넘게 절뚝거리면서 지낼 수밖에 없었다.

다른 한 번의 사고는 부산에 있는 할아버지 할머니 집에서 벌어졌다. 거실에서 할아버지와 잘 놀고 있던 윤재가 바닥에 엎드려 울음을 그치지 않는 거였다. 이번에는 한쪽 팔을 부여잡고 있었다. '늦은 밤이었고 병원은 문을 다 닫았는데, 지난번처럼 또 응급실에 가야 하나…' 응급실에서 너무 힘들어했던 기억이 있어서 일단 윤재 상태를 더 관찰하기로 했다. 팔을 부여잡고 악을 쓰던 윤재는 한 시간쯤 지나서 엄마 품에 안겨서 팔을 붙잡은 채로 잠이 들었다.

'심하게 다쳤으면 이렇게 잠들지는 못할 테니까, 아침 일찍 병원 열자마자 가보자.' 우리 부부는 거의 뜬 눈으로, 자는 윤재를 안고 있다가 아침에 부랴부랴 병원으로 달려갔다. 조심조심 윤재

팔을 의사분께 보여줬는데, 이런 상황이 대수롭지 않은 듯이 볼펜 같은 걸로 윤재 팔을 두드리면서 상태를 확인하고 빠르게 엑스레이를 찍었다. 지난번만큼은 아니지만 비슷한 상황에 놓여서 버둥거리는 윤재의 몸을 꽉 붙잡고 있을 수밖에 없었다.

"반깁스해야겠네요." 의사 선생님은 깁스를 잘라서 윤재의 조그마한 팔에 아기용 깁스를 만들어 채워주셨다. 다쳐서 엑스레이를 찍고, 깁스를 채우는 과정을 짧은 기간에 연속으로 겪으면서 윤재는 격하게 다뤄져야 했고, 그 모습을 보고 있으니 마음이 찢어진다는 게 이런 거구나 싶었다.

나도 초등학교 4학년 때 왼쪽 팔꿈치 뼈가 다 부서져서 수술을 한 적이 있었다. 오래 입원했었고 전신마취를 할 정도로 큰 수술까지 했는데, 그때, 어머니도 입버릇처럼 항상 이렇게 말씀하셨다. "에휴, 차라리 내가 다치는 게 낫지. 내가 다쳤어야 했는데…." 어릴 때는 어머니가 하는 그 말이 어떤 의미로 하는 말인지 전혀 몰랐다. 하지만 윤재가 팔과 발을 다치는 것을 보면서 '차라리 내가 다치는 게 낫겠다'라는 말을 아내와 내가 번갈아 가며 하고 있었다.

다행히 윤재는 큰 수술을 할 정도로 다치지는 않았지만, 조그만 손과 발에 깁스를 차고 불편하게 있는 것을 보면 짠해서 금방 눈물이 맺히곤 했다. 치료하는 과정도 어느새 적응한 윤재는 깁스하고도 자신이 하고 싶은 것들을 어떻게든 해내는 것을 보면 저 불편한 상황에서도 또 적응하는구나 싶어 헛웃음이 나는 순간도 있었다.

하지만 막 다쳤던 그 순간, 자지러졌던 때를 떠올리면 지금도 아찔하다. 이런 상황에 어느 부모가 침착할 수 있겠냐마는, 되돌아보면 아내와 내가 조금 더 침착하게 아이를 안정시켰어야 했다는 아쉬움이 남는다.

우악스럽게 엑스레이 촬영한다고 눕힐 때도 윤재가 조금 더 마음의 준비를 할 수 있도록 정신을 더 차리고 차분하게 해줬어야 했는데, 그러지 못했던 게 자꾸 미안했다. '아이들이 별 탈 없이 건강하게 자라주는 것만으로도 큰 선물이구나, 정말로.' 이런 생각이 들었다.

지금은 훌쩍 커서 반항도 곧잘 하는 윤재를 보면 속상한 마음이 들다가도, 다쳐서 고생한 때를 떠올리면 건강하게만 있어 줘도 고맙다고 생각한다. 그리고 동생 윤호와 매일 투덕거리면서 싸우지만, 두 아들이 다치지 않고 하루하루를 보내는 자체로 감사하며 살고 있다.

같이 육아

　초등학교 시절, 왼팔을 크게 다쳤는데 그 순간 엄청 아팠고, 수술하면서 입원을 오래 했던 게 불편했던 기억으로 남아있다. 하지만 주변에서 모두 나를 챙겨주니, 다른 일상은 크게 불편한 줄 몰랐다. 그런데 이 모든 것이 부모님이 나 대신 불편을 감수해 준 덕분이었겠다는 생각이 들었다. 차라리 당신이 다쳤으면 좋겠다는 미안한 마음으로 나를 돌봐주셨던 부모님의 마음을 처음으로 알게 되었다.

　현재의 내 자녀를 통해 과거의 내가 과거의 부모님을 만나서 이해하는 시간을 가지며, 한 걸음 더 내딛는 계기가 된 시간이었다.

세상에서 가장
조용한 돌잔치

"오늘은 윤재가 물감을 가지고 종이에 칠하는 놀이하는데 엄청나게 몰입해서 하더라.' '오늘은 블록 장난감 만지면서 놀다 왔는데 엄마 찾지도 않고 계속 만들더라."

윤재가 태어난 지 얼마 되지 않았을 때 아내는 동네에 있는 문화센터, 흔히 말하는 '문센'에 다니며 윤재가 좋아할 만한 프로그램을 찾아 듣고 있었다.

윤재와 함께하는 문화센터 탐방기 스토리를 가지고 '윤재가 이런 거 좋아하는구나!' '저런 거 좋아하는구나!' 이런 대화를 나누는 게 갓 부모가 된 우리에게 큰 낙이었다.

그러던 어느 날. "오늘은 윤재가 계속 울음을 안 그치는 거야. 이 정도로 운 적이 없었거든. 오늘 완전 진땀 흘렸어." 문화센터 다니면서 아내가 이렇게 힘들었다고 말했던 적은 처음이었다. 자초지종을 들어보니 이랬다.

음악을 틀고, 아가들이 기어다니고 몸을 움직이며 노는 프로그램이 진행되었던 날이었는데, 엉금엉금 기어다니면서도 마음에 드는 음악이 나오면 몸을 앞뒤로 흔들며 춤을 추는 윤재의 모습을 여러 번 보았기 때문에 무척 기대했던 프로그램이었다.

그런데, 프로그램이 시작되고 아가들의 흥을 돋우기 위해 선생님이 마이크를 들고 큰 소리를 외치며 음악 볼륨을 크게 틀자마자 윤재가 울음을 터뜨리기 시작한 것이다. 갑자기 윤재가 울기 시작하니까 당황한 선생님은 달래준다고 후다닥 윤재에게 다가갔는데 오히려 놀란 윤재는 더 자지러지기 시작했고, 울음을 그치지 않아서 그냥 밖으로 나왔다고 했다.

아내가 조용한 곳에서 한참 달래고 나서야 윤재는 울음을 그치고 잠이 들었지만, 그날 이후로 윤재는 소리에 무척 민감하게 반응하는 횟수가 늘기 시작했다.

갑작스럽게 큰 소리가 나면 어른도 놀라기 마련이지만, 그렇게 큰 소리도 아닌데 놀라서 우는 빈도수가 늘자, 조금씩 걱정이 되었다. '나도 어릴 적에 겁이 많았다고 했는데 나 닮아서 그런 걸까?' 윤재가 나를 닮아서 겁이 많은 것은 아닌지 자책 아닌 자책을 하기도 했다.

한번은 2016년 두 번째 책을 내고 출간기념회를 크게 했던 날이었다. 아내는 아기 띠를 하고 윤재와 함께 출간기념회 장소에 왔지만, 그 자리를 끝까지 지키지는 못했다. 내가 무대에 올라가서 인사를 하고 청중이 박수를 치자마자 갑작스러운 박수 소리에 놀란 윤재가 울음을 멈추지 않았기 때문이다.

'윤재는 한동안 큰 소리가 나는 곳에는 가면 안 되겠구나….'

지인의 결혼식에 가거나 돌잔치를 가서도 큰 소리가 날 때를 피해 밖에 나와 있곤 했었다. 어느덧 윤재도 돌잔치 할 때가 다가왔고, 우리 부부의 걱정은 점점 커져만 갔다.

돌잔치는 아기의 컨디션이 중요하고 그날 아기의 심기를 건드리지 않아야 무사히 마칠 수 있는데, 그러려면 윤재의 돌잔치 때에는 박수치는 사람이 없어야 하는 상황인 거다. 그래서 우리 부부는 돌잔치에 와주신 분들께 정중히 부탁드렸다.

"박수쳐야 하는 순간이 몇 번 있을 텐데, 저희는 박수치지 않고 돌잔치를 진행해야 합니다."

윤재의 돌잔치를 한껏 축하해 주시러 와주신 분들은 자초지종을 듣고, 이해해 주셨지만, 꽤 낯설어하는 표정이었다. 사회 보는 분도 셀 수 없이 많은 돌잔치 사회를 했지만, 박수치지 않고 하는 이렇게 고요한 돌잔치는 처음이라며 멋쩍어하셨다. 그렇게 모두가 조용히 조심조심한 덕분에 별 탈 없이 돌잔치를 잘 마무리했다.

시간이 훌쩍 흘러 어느덧 초등학교 2학년이 된 윤재는 이제 시끄러운 소리가 난다고 울지는 않는다. 유치원 다닐 때부터 점점 괜찮아졌다. 그래도 여전히 다른 친구들에 비해서 소리에 민감한 편이긴 하다.

'아이가 너무 겁이 많아서 걱정이다.', '이 정도 소리에도 민감하면 앞으로 계속 스트레스받을 텐데 어쩌냐?' 등등. 한동안 소리에 민감하게 반응하는 윤재의 이슈가 매일 대화 주제일 때가 있었지만 지금은 다 지난 일이 되었다.

최근에 알게 된 사실인데 윤재가 가끔 노래의 멜로디를 듣고, 그것을 아이패드에 있는 건반으로 비슷하게 따라 치거나 할아버지가 주신 하모니카를 가지고 혼자 멜로디를 만들기도 한다. 아마도 소리에 민감한 부분이 이런 식으로 발현되는 것은 아닌지 조심스럽게 관찰하고 있다. '하늘은 무조건 주지만도 않고, 무조건 빼앗지만도 않는구나.'라는 생각을 다시 한번 하기도 했다.

윤재가 앞으로 음악과 관련된 일을 할지 다른 일을 할지는 모르지만, 소리에 민감한 성향을 잘 살려서 본인이 즐겁게 사는 데 활용했으면 좋겠다.

쑥스러움이 많아서 표현도 잘 하지 않는 윤재가 음악을 통해서 자신만의 표현 방식을 배워갈 수도 있겠다는 생각도 든다. 윤재는 세상에서 가장 조용한 돌잔치를 했지만, 윤재 마음속의 큰 목소리는 계속해서 세상에 울려 퍼져 나갈 거라 믿는다.

같이 육아

예민한 아이를 보면서 부모는 다양한 상상을 한다. 저렇게 예민해서 이 험난한 세상 어떻게 살아갈까? 하는 마음이 들기도 하고, 혹시 발견하지 못한 다른 질병이 있는 것은 아닐까? 걱정되기도 한다.

'내가 어른이 되는 과정에서 차곡차곡 무의식에 적립해 온 걱정거리들이 내 아이에게 고스란히 대물림 되어 가는 것은 아닐까? 그러면 그다음 세대는 더 많은 걱정거리를 안고 살겠지….' 이렇게 걱정에 대해 걱정하는 내 모습을 보며, 민망한 웃음을 지어본다.

걱정보다는 믿음을 물려주는 부모가 되고 싶다는 생각을 다시 한번 해본다.

장거리 비행이
깨뜨려 준 선입견

"윤재가 계속 울어서 다른 승객들한테 방해되면 어쩌지?" 돌이 되기도 전에 윤재는 미국에 계시는 할아버지, 할머니를 만나기 위해 긴 비행을 맞이해야 했다. 미국으로 갈 때 아기 짐으로 이것저것 챙겨야 할 것들이 많았지만 무엇보다 아이가 긴 시간 비행을 잘 견뎌줄까가 가장 큰 고민이었다.

"커뮤니티에서 봤는데 어떤 엄마는 비행기 타고 가는 동안 아이가 너무 울어서 자리에 앉지도 못하고, 계속 안고 갔다던데…."

"아, 정말? 근데 그런 얘기하는 것 보면 걱정만 더 커지니까, 그만 찾아보자. ㅎㅎ"

우리가 걱정한다고 울 아이가 울지 않는 것도 아니니 그저 윤재를 믿고 기도하기로 합의를 보았다. 감사하게도 조그마한 아기는 아기 침대를 좌석에 설치해 주는 서비스를 아내가 발견해서 미리 신청도 해두었다. 비행기가 이륙하기까지 우리 부부의 긴장감은 극도로 높아졌고, 윤재의 눈치를 살폈다.

"뭐지, 윤재가 왜 이렇게 평온해 보이는 거야?"
"여보 아무래도 윤재는 비행 체질인가 봐"

윤재는 14시간 정도 되는 긴 비행시간 동안 칭얼대는 시간 없이 아기 침대에서 잠도 잘 자고, 중간중간 일어나서 분유도 잘 먹고, 화장실 가서 기저귀도 잘 갈면서 첫 번째 비행에 성공적으로 적응했다. 비행기 타기 전까지 걱정돼서 검색도 많이 하고, 기도도 하고 야단법석을 떨었는데… 괜한 걱정이었다.

그렇게 완벽한 비행 후에 윤재는 미국에서 외할아버지, 외할머니를 만나자마자 특유의 눈웃음을 생글거리는 여유까지 보였다.

그 후 몇 번의 긴 비행이 더 있었지만, 윤재는 매번 완벽하게 비행을 즐기곤 했다.

둘째 윤호가 태어났을 때는 코로나로 인해서 몇 년간 미국에 가지 못하다가 코로나가 잠잠해졌을 때쯤 처음으로 온 가족이 미국에 가게 되었다.

"지혜야, 윤호 괜찮겠지? 윤재처럼 비행기를 잘 탔으면 좋겠는데…."

"사실 윤호는 차를 타도 금방 멀미하고 토하고 그래서, 윤재보다 걱정이 되긴 해."

걱정은 됐지만, 윤재의 첫 번째 훌륭한 비행 경험을 떠올리면서 우리 부부는 일단 윤호를 믿고, 마음을 조금 더 편하게 가졌다. 윤호의 첫 비행기 탑승 후 비행기가 이륙할 때 우리 부부는 서로 눈을 마주 보면서 긴장을 늦추지 않았다. 이미 비행기 타는 게 익숙해진 윤재는 태연한 표정이었고, 윤호는 약간 두리번두리번하면서 이륙하는 느낌을 확인하고 싶어 하는 듯했다.

이륙 후 몇 분 지나지 않아 비행기가 안정되자, 윤호는 비행기에 나오는 뽀로로 TV를 즐기기 시작했고, 역시나 밥도 잘 먹고,

기저귀도 잘 갈면서 첫 비행을 완벽히 마쳤다. 미국에서 2주 정도 있다가 내가 먼저 한국으로 들어오고, 아내는 아이들과 2주 더 있다가 한국에 들어오는 일정이었다.

'지혜 혼자 아이 둘이랑 큰 짐들 챙겨서 올 수 있을까?' 미국에서 한국으로 아내와 아이들이 돌아오는 날, 공항에 마중 나가서 기다리는데 또다시 걱정이 스멀스멀 올라왔다.

출국장 문이 잠깐 열렸다 닫혔을 때 멀리서 아내가 윤호를 태운 유모차를 밀고 오는 게 보였고, 그 옆에 큰 짐 카트를 밀고 오는 윤재가 보였다. 기다리던 내내 스멀스멀 올라왔던 걱정들이 모두 날아가 버리는 순간이었다.

"지혜야, 혼자 안 힘들었어?"
"윤재랑 윤호가 둘 다 엄마를 도와줘서 안 힘들게 잘 왔지."

조그맣고 약해 보이기만한 아이들을 보며 어른들도 타기 힘든 장거리 비행이니 그들도 당연히 힘들 거로 생각하고 매번 우리 부부는 불안해했다. 하지만 아이들이 감당할 수 있는 한계에 대해서 어른이 함부로 판단할 수 없다는 것을 긴 비행을 몇 번 같이 경험하면서 다시 한번 느꼈다.

'왜 아이는 당연히 약한 존재라고 단정했을까?', '왜 아이는 어른보다 적응하지 못할 거로 생각했을까?' 이런 생각을 하면서 우리는 같이 반성했다. 어른들은 자기 안의 불안감을 아이에게 투사해서 바라보고 해석하려고 한다. 자신의 불안감을 아이에게 무의식적으로 전파해서 아이의 잠재력을 억누르기도 한다.

어린 아들과 함께했던 여러 번의 장거리 비행은 우리 부부의 선입견을 다시 한번 깨뜨리는 시간이 되었다. 우리가 경험한 한계 속에 아이들을 가두지 않도록 매일 조금 더 아이들을 믿고 우리 스스로 돌아보는 선택을 해보는 중이다.

같이 육아

'걱정한다고 걱정이 사라지면 걱정이 없겠네'라는 유명한 말이 있다. 아이 걱정을 하는 것이 마치 사랑의 다른 표현인 것처럼 받아들이고 사는 부모님들이 많다. 우리 부부도 마찬가지였다.

하지만 그것이 자기 안의 불안을 아이에게 투영시키고 있는 것은 아닌지 가끔 관찰할 필요가 있다는 생각이다. 그리고 아이에게 정말 사랑을 표현하고 싶다면, 걱정보다는 믿음을 전하려고 하는 노력이 부모에게 필요하다. 아이에게 걱정을 전하고 싶은가? 아니면 믿음을 전하고 싶은가?

갑자기 훌쩍 커버리는
아이들

"핸드폰 보여줘~"

"윤재야 방금 뭐라고 그랬어? 핸드폰이라고? 다시 말해봐."

"핸드폰 말이야, 핸드폰~"

아이와 대화하다가 가슴이 철렁하는 순간이었다. '핸드폰 보는 것 때문에 걱정되어서 그러느냐고?' 물론 그것도 신경 쓰이는 부분이긴 하지만, 더 마음을 쓰라리게 했던 부분은 따로 있다. '핸. 드. 폰.'이라고 또박또박 단어를 말한 부분이었다.

원래 윤재는 핸드폰을 보고 항상 '핸포톤'이라고 말했다.

"핸포톤 줘, 핸포톤~"

이렇게 떼쓰는 윤재를 보면, 달라는 핸드폰은 안 주고 발음이 너무 귀여워서 아내와 같이 맨날 발음을 따라하며 깔깔거리곤 했다. 그런데 어느 날 갑자기 너무 정확하게 단어를 말하니까 윤재가 너무 낯설게 느껴졌다. '우리가 귀여워하던 모습은 하나씩 지워지고, 점점 더 어른처럼 행동하겠지?'

아이를 키우면서 이런 순간들을 느끼는 부모님이 많으실 거다. 아기 같았던 자녀가 갑자기 어른스러운 말이나 행동을 할 때의 그 미묘한 감정은 말로 표현하기 어렵다. 쑥쑥 자라고 있다는 반가운 마음과 동시에 어릴 때만 볼 수 있는 깨물어 주고 싶은 순간들이 사라지는 아쉬움이 함께 하니까…. 그런 순간들은 아이가 크면 기억도 거의 못 하고, 설령 똑같이 흉내 낸다고 해도 그전과 같은 느낌으로는 절대 안 되니까…. 그럼에도 불구하고 자라나는 아이 덕분에 위로받는 순간도 계속 늘어난다.

TV를 보는 윤호의 다리에 '에구구' 하고 누웠을 때, 내 머리를 쓰다듬어 주면서 "아빠, 많이 힘들었어?"라고 말해주는 아이의 위로는 어떤 존재도 전할 수 없는 따스함이 있다. 어린 아들의 귀여운 언어 습관들이 하나씩 추억이 되는 게 아쉽기는 하지만, 가끔 훌쩍 커버린 어른처럼 말해주는 아이의 말들이 커다란 위로로 다가오고 있는 요즘이다.

머리카락이 너무 길어서 자르려고 하면 자지러지게 울었던 윤재, 집 목욕탕에서 머리카락을 자르다가 다칠뻔한 순간이 있을 정도라 아이 때는 머리를 계속 기르기만 했었다. 그래서 귀여운 얼굴을 덥수룩하게 가리고 있던 게 항상 아쉬웠다. 유치원을 다닐 때도 항상 긴 머리로 다녔던 윤재는 집에서 머리 자르려는 신호만 해도 도망치거나 울거나 했다.

머리카락 자르는 일은 거의 포기하고 지냈던 어느 날. 놀이터에서 놀던 윤재가 초등학생 형들이 막 뛰어다니며 노는 모습을 빤히 지켜보고 있었다.

"윤재야, 형들처럼 놀고 싶어?"
"응"
"윤재도 커서 학교 가고 그러면 형들처럼 놀 수 있어."
"빨리 크고 싶다."
"그래? 그런데 형들처럼 크려면 머리카락부터 용감하게 자를 수 있어야 해."

"그래? 그러면 지금 자르러 가자."

"진짜로?"

큰 기대 없이 장난처럼 말을 주고받다가 머리카락을 자르겠다는 윤재의 말에 나는 눈이 휘둥그레졌다. 물론 그 말을 100% 믿기도 어려웠다.

"그럼, 아빠랑 같이 미용실 가볼까?"

"그래."

윤재 손을 잡고 부랴부랴 집 앞에 있는 미용실에 갔는데, 사람이 너무 많이 기다리고 있어서 예약이 다 찼다고 했다. '윤재가 머리 깎지 않고 그냥 돌아가겠다고 하면 어쩌지….'

"아빠, 그러면 다른 데 가보자."

"그… 그래."

윤재가 먼저 다른 미용실로 가자고 했고, 그렇게 세 번째 도착한 미용실에서 윤재는 뽀로로를 유튜브로 보면서 머리카락을 짧고 시원하게 잘랐다.

"윤재야, 안 무서웠어?"
"응, 괜찮았어."

중간중간 점점 겁이 없어지는 기미라도 있었더라면 조금은 덜 아쉬웠을까? 얼마 전까지만 해도 머리카락 자르려고 하면 기겁하고 바둥거려서 아내와 나의 진을 다 빼놓던 윤재는 미용실에서 받은 초코 음료수를 마시며 아무 일 없다는 듯 다시 놀이터로 돌아왔다. '한참 자라나는 아이는 어제와 오늘이 180도 다를 수도 있구나.' 그렇게 변화무쌍한 아이에게 한결같은 모습을 기대하고, 한번에 말을 알아듣기를 원하고 어른이 보고 싶은 모습만 기대하는 것은 큰 욕심이라는 생각이 들었다.

"지혜야, 진짜 이번에 나 제대로 느꼈어. 아이는 갑자기 확 크는 것 같아."
"맞아, 그래서 매일 매일 이렇게 아이들이랑 오래 같이 보내는 시간이 더 소중한 거겠지?"

오늘 보고 있는 아이의 모습 중에 어떤 모습은 내일 볼 수 없다고 생각해 보자. 그러면 오늘 아이의 모습을 더 사랑스러운 눈으로 봐줄 것이며 더 따뜻한 말로 반응하고 더 다가가서 아이의 말을 경청하게 될 것이다. 오늘까지만 볼 수 있는 아이의 천진난만한 그 모습을 꼭 두 눈에 가득 담아보자.

같이 육아

불과 몇 개월 전의 사진만 봐도 확 다른 아이의 모습을 보면서 깜짝 놀랄 때가 있다. 매일 매일 조금씩 자라는 아이의 모습은 부모가 인지하기가 참 어려운데 되돌아보면 훌쩍 커버린 것을 확인하게 된다. 사람들이 희소성에 가치를 매기는 것처럼 이 상황에 적용해 본다면 아이들과 보내는 오늘의 희소성은 가치를 매기기 힘들 것이다. 내일은 아이의 이전 모습이 사라졌을지도 모르고, 비슷하더라도 절대 과거와 같지 않을 테니까.

아침저녁으로 눈을 마주치며 아이의 오늘을 유심히 바라보는 것만으로도 엄마 아빠는 매일 값으로 따질 수 없는 가치를 벌어가는 중이라고 말하고 싶다. 우리 부부는 이 영역만큼은 세계 제일의 부자가 되어 보려고 한다.

엄마, 아빠!
우리 호텔 언제가?

"아빠, 우리 호텔 또 언제가?"

"호텔 가고 싶어?"

"응, 가서 수영하고, 맛있는 것도 먹고….."

"그래, 또 가자~"

두 아들은 가고 싶어 하는 곳이 몇 군데 정해져 있다. 그 가운데 단연 최고로 꼽히는 장소는 호텔이다. 호텔에 간다면, 조금 과소비하는 느낌이 들 수도 있다. 하지만 어설프게 돈 쓰고, 애매하게 맛있는 음식 먹는 것보다 호텔에 가서 좋은 뷰를 보고, 대접받으면서 맛있는 음식을 먹는 경험에 제대로 투자하는 게 오히려 남는 거라고 우리 부부는 생각했다.

내가 천억 이상 매출을 올리는 사업가분께 멘토링을 받을 때였다.

"당신이 좋은 곳에 머물면서 좋은 뷰를 보고, 가족들도 그런 환경에 익숙하게 하세요. 특히 아이들도 어릴 적부터 호텔에서 좋은 서비스를 받고, 존중받는 느낌을 경험하게 해주세요. 물질이 아니라 좋은 환경에서 좋은 경험을 자주 하는 게 아이들에게 가장 훌륭한 선물입니다."

당시에 우리 부부에겐 아이가 없었지만, 이 말은 크게 와닿았다. 특히 우리 부부에게 가장 좋은 뷰의 최고급 호텔 숙박권을 선물로 주시고, 해외 각국에서 좋은 호텔에 묵으면서 여행할 수 있는 프로그램도 제공해 주셨다.

"지혜야, 나중에 우리가 아이 낳으면, 애매한 장난감 사지 말고, 돈 모아서 좋은 호텔 한 번씩 가자."

"그래, 여행도 자주 가고."

두 아들이 태어나기 전에 우리는 해외여행을 일부러 자주 다니면서 낯선 경험을 했다. 그런 경험들은 몸에서 떨어지지 않는 평생의 자산이 된다는 사실을 배웠다. 그래서 소유보다는 경험의 가치를 아이들에게 더 전하자고 다짐했다.

이벤트 가격으로 나오는 호텔을 예약하면, 키즈카페 같은 곳에서 하루 종일 놀고먹고 한 가격이랑 비슷하게 누릴 수 있는 경우도 종종 있었다. 또, 가끔 나에게 큰 선물을 주고 싶다고 하는 분이 계시면 호텔 숙박권으로 말씀드려, 그 덕분에 두 아들과 함께 다양한 호텔을 방문해서 그런 환경이 얼마나 편한지 자주 경험할 수 있었다.

'아이들 데리고 호텔 간다는 이야기가 너무 자랑처럼 들리네.'라고 생각하는 분도 당연히 계실 것 같다. 그래서 굳이 이런 소재를 갖고 글을 적어야 할지 고민도 했다. 하지만 아내와 나는 명품에도 관심이 없고, 이왕이면 물건을 아끼면서 살려고 노력한다. 다만 아이들과 함께하는 경험에는 돈을 좀 더 투자하자고, 오래전부터 마음먹었다는 것을 전하려고 이렇게 호텔 이야기를 굳이 넣었다.

'어릴 때 부자였던 사람은, 망해도 다시 부자가 될 확률이 높다. 왜냐면 어릴 때 부자로 살면서 자신이 누렸던 것을 더 잘 떠올리고, 부자의 삶에 대해 훨씬 더 간절하기 때문이다.' 이런 생각은 아이를 낳기 전에 만났던 부자들이 공통으로 해주셨던 이야기다. 그분들은 물질적인 풍요보다 환경과 경험이 주는 풍요가 훨씬 중요하다고 매번 말씀하셨다.

경험과 환경은 물질과 달리 몸과 정신에서 분리가 되지 않고 평생 영향을 미친다는 사실을 우리 부부는 계속 잊지 않으려고 노력하고 있다.

우리는 지금 누가 봐도 부자라고 보기는 어렵다. 하지만 사업도 하고, 책도 쓰다 보니 자연스럽게 경제적 자유를 누리는 분들과 가까이 지내면서 어떻게 하면 그렇게 될 수 있을지 누구보다 열정적으로 탐구했다. 그래야 아이들에게 가난을 대물림하지 않을 테니까…. 그래서 지금 상황에서 아이들에게 줄 수 있는 최고의 경험은 좋은 환경에 머물면서 대접받는 느낌이라 판단했고, 다른 비용을 아껴서라도 호텔을 종종 방문한다.

과연 돈이 많고 여유가 있다고 해서 사람들이 이런 경험을 굳이 선택할까? 아니다. 오히려 물질을 소유하는 데 관심을 보이는 경우가 더 많다고 본다. 아이들과 호텔에 가는 것은 돈만 많다고 할 수 있는 선택이 아니다. 반대로 돈이 없어도 불필요한 지출을 아껴 좋은 음식과 좋은 공간에 투자하는 사람들이 분명 존재한다.

부자가 아닌 부모가 아이들에게 부자가 되면 좋고, 편하다는 사실을 어떻게 가르쳐 줄 수 있을까? '공부 열심히 해서 돈 많이 벌면 좋다'는 이야기를 아무리 많이 한들, 아이들은 과연 제대로 상상할 수 있을까? 그런 부모의 말들이 얼마나 공허하게 들릴지 생각해 본다.

가끔 가족들이 호텔에 가서, 멋진 뷰도 보고 좋은 음식도 대접 받는다면, 일부러 그런 말을 하지 않아도 아이들은 자연스럽게 부자가 편하다는 사실을 온몸으로 느끼게 될 것이다. 성공한 부자들을 쫓아다니면서 내가 배운 것 중에 가장 가치 있는 투자 중 하나를 조심스럽게 공개해 보았다.

같이 육아

부자들은 높은 곳을 좋아한다고 한다. 높은 곳에서 아래로 건물들을 내려다보면서 더 부자가 될 수 있는 아이디어를 떠올린다고 한다. 그리고 그런 뷰를 더 잘 보기 위해 더 좋은 거주지에 머물려고 돈을 쓰기도 한다.

　돈이 많아서 뷰가 좋은 집에 살 수 있다면 좋겠지만, 그렇지 않은 상황에서 가장 저렴하게 또 VIP 대우를 받으면서 멋진 뷰를 경험할 수 있는 게 바로 호텔에 머무는 것이다. 당연히 부담되는 비용일 수 있지만, 같은 비용을 들여서 누릴 수 있는 부자 체험을 비교해 본다면 가장 가성비 좋은 투자라고 생각한다.

　또한 무리가 되지 않게 중요한 날에 한 번씩 호텔 특가가 나올 때를 이용한다면 상대적으로 저렴한 비용으로 아이들과 럭셔리한 경험을 해볼 수 있다.

아이들 마음속에 머물길 바라는 말

"윤재야, 오늘도 유치원에서 재밌게 놀다오구~"

"네, 아빠~"

"나는 할 수 있다!"

"나는 할 수 있다!"

"나는 나를 믿는다!"

"나는 나를 믿는다!"

"나는 행복하다!"

"나는 행복하다!"

윤재가 유치원 다닐 때, 매일 7611 버스를 타고 유치원을 같이 다녔다. 내가 따로 출퇴근을 하지 않다 보니 오전에 여유가 많았고 윤재와 느긋하게 대화 나누기 위해서 등원길도 함께 했다. 유치원에서 있었던 일이나 속상한 일에 대해 묻고 윤재의 대답을 들으면서 우리 부자는 느긋하게 등원길을 즐겼다. 대화 주제는 때마다 바뀌었지만, 유치원 앞에서 윤재와 나누는 인사는 매번 같았다.

'나는 할 수 있다!, 나는 나를 믿는다!, 나는 행복하다!' 구호를 같이 외치는 거다. 그리고 마지막에 '입꼬리~' 말하면서 서로 마주 보고 씽긋 웃는다.

예전에 유튜브에서 영상 하나를 본 적이 있었다. 한 엄마가 남자 아이 둘을 키우는데 거울 앞에서 자기 최면을 할 수 있게 응원하는 말을 매일 해준다는 내용이었다. 그걸 보면서 첫째로는, '내가 어렸을 적에 저런 걸 매일 했었으면 어땠을까?'라는 생각이 들었다.

나를 비롯해 아내도 걱정이 많은 편이다. 걱정에 끌려다니지 않기 위해 우리 부부는 많은 노력을 했고, 지금도 수련하고 있지만 성인이 되고 나서는 변화가 쉽지 않은 게 사실이다.

아내보다 내가 좀더 자존감이 낮은 편이다. 그래서 스스로를 깎아내리는 말을 무의식적으로 하고, 신경 쓰지 않으면 생각도 그런 식으로 흘러간다. 덕분에 주변에서 겸손하다는 말을 자주 들을 수 있는 장점이 있지만, 개인적으로는 자신감을 계속 유지하기 위해 끊임없이 스스로를 칭찬하려고 노력한다.

어렸을 적 자주 들었던 말들이 어른이 되어서도 자기 자신에게 되뇌는 자기 최면의 말이 된다는 소리를 들었다. 성인이 되어서 귓가에 맴도는 부정적인 말들은 사실 내 안의 목소리라기보다는 어렸을 적 자주 들었던 부정적 메시지이다. 어릴 때를 되돌아보면 주변으로부터 자신감을 북돋아 주는 말을 자주 듣지는 못했다. 주로 걱정하는 말을 들었다. 사실 대한민국에서 학창 시절을 보낸 사람의 대부분은 부모와 선생님의 걱정 어린 말을 듣고 자란다.

특히 나는 그런 말들을 조금 더 심각하게 받아들였던 것 같다. 그래서 나도 모르게 스스로 자꾸 부족하다고 생각했다. 다행스럽게도 스스로 부족하다는 생각 때문에 부족함을 채우기 위해서 자기 계발을 열심히 하고 남들이 하지 않는 도전도 시도해 보곤 했다. 그 과정에서 낮은 자존감을 억지로 극복해야 하는 일들이 종종 생겼고, 그때마다 스트레스도 자주 받았다.

성인이 되어 자기 계발 하는 과정이 쉽지 않았고, 상처들도 많았는데, 그래서 우리 아이들에게는 최대한 자존감을 높여주는 말을 어렸을 적부터 해주는 게 중요하다고 생각했다. 아이의 모든 행동을 칭찬해 줄 수는 없지만 긍정적으로 세상을 볼 수 있는 말들이 아이의 귓가에 맴돌게 해주고 싶었다.

며칠 전 비가 오려고 하는데, 아이들이 놀이터에서 좀 더 노느라 결국 비를 쫄딱 맞았다.

"아, 비 조금 올 때 엄마, 아빠가 들어가자고 할 때 들어갈걸. 미안해요. 엄마 아빠."

"아니야, 윤재야. 덕분에 우리 가족 모두 빗속에서 시원하게 달리기도 하고 재밌었잖아."

이런 식으로 부정적인 면처럼 보이는 현상 속에서도 긍정적인 부분을 꼭 찾아서 대화하려고 노력했다. 그 가운데 가장 오래 하는 미션이 바로 '나는 할 수 있다. 나는 나를 믿는다. 나는 행복하다.' 함께 외치는 것이다.

어린이집을 다니는 윤호도 따라 하기는 하는데, 아직은 장난스럽게 반응한다. 윤호가 유치원에 갈 때쯤이면, 형처럼 능숙하게 잘 따라 할 거라 기대하고 있다.

부모가 평소에 아이들에게 좋은 말을 하려고 노력하는 과정에는 응용력이 꽤 많이 필요하다. 매번 상황이 달라지니까…. 그래서 그와 관련된 노력은 그것대로 할 필요가 있다.

'나는 할 수 있다. 나는 나를 믿는다. 나는 행복하다.' 이렇게 함께 외치는 것은 단순하고, 굳이 맥락도 필요 없으며, 똑같이 반복되어 쉽게 각인되는 것이 좋다. 좀 더 솔직히 말하면, 이런 표현들은 사실 우리 부부에게 절대적으로 필요한 표현이다. 이런 말을 아들과 외치면서 우리 부부도 더 긍정적인 마음을 가지려고 노력한다. 이런 말을 깊이 새긴 두 아들이 점점 자라나면서 우리 부부에게 오히려 용기를 주는 순간이 분명 올 거라고 믿는다.

윤재가 초등학교 2학년이 되면서부터는 외치는 말들을 공책에 한 번씩 따라 적게 해보고 있다. 1분도 안 걸리기 때문에 부담이 없다. 말로도 외치고, 노트에 적기도 하면 무의식으로 받아들이기 좋을 것 같아서 이런 시도를 해보는 중이다.

부모가 자식 곁에 평생 있을 수 없다는 사실을 문득 깨달을 때, 아이에게 해줄 수 있는 최고의 선물이 무엇일까 고민하게 되는데, 앞서 말한 긍정의 표현들이 우리 부부가 준비한 선물 중 하나이다. 우리가 곁에 없어도, 우리의 응원이 아이들의 머리와 가슴에 선물 같은 메시지로 남길 바란다.

이 책을 보고 계신 독자분도 자신을 위해서 속으로 한번 말해

보자. 기분이 좋아질 것이다.

"나는 할 수 있다. 나는 나를 믿는다. 나는 행복하다." 입꼬리
~~

 같이 육아

내가 입버릇처럼 하는 말이 있다. "내가 뭐라고.", "내가 그럴 자격이 되는지 모르겠네." 이런 류의 말을 무의식적으로 한다. 그리고 이런 말은 내 어머니가 자주 하셨던 말들의 연장선에 있다. 이런 말들이 겸손하게 보이는 효과도 있고, 자만하지 않게 하는 효과도 있다. 하지만 이 방향으로만 치우친 말을 자주 하게 되다 보니 자신감이 떨어지는 부작용도 생긴다. 내가 무의식적으로 그렇게 살았다는 것을 알고, 바꿔보려고 10년 넘게 노력 중이지만 바뀌는 속도는 더디다.

덕분에 나는 무의식이 얼마나 무서운지 체감하고 있다. 그래서 아이들이 나중에 컸을 때 스스로 되뇌는 말이 나 같지 않았

으면 좋겠다는 생각으로 이런 미션을 아이들이 어릴 때부터 하게 했다.

무의식적으로 '나는 할 수 있다.', '나는 나를 믿는다.', '나는 행복하다.'라는 말을 자기 자신에게 해주며 자신을 사랑하는 어른이 되었으면 좋겠다.

인복 있는 아이로 어떻게 키울까?

"윤재야, 오늘도 너무 즐거웠어요. 내일 또 봐요. 사랑해요.", "윤호야, 사랑해요. 주말 동안 보고 싶을 거야~" 윤재와 윤호가 어린이집 가기 전에 돌봐주셨던 이모님들이 아이들과 헤어질 때 거의 매일 해주셨던 말이다. 의례적으로 친절하게 말해주시는 거 아닐까 생각할 수도 있다. 말로만 그러셨다면 그렇게 생각할 수 있지만, 아이들은 이모님과 매번 대화를 유쾌하게 나누는 편이었고 예쁜 표현의 말들도 이모님께 배우면서 잘 따르기까지 했다.

아이들이 어릴 때, 이모님을 구하는 과정에서 고생하는 집도 많이 있다. 여러 번 면접을 보고 모셨는데, 아이와 잘 맞지 않아서 끙끙 앓다가 이모님을 다시 뽑았다는 이야기도 종종 들었다, 그런 부분에 있어서 윤재와 윤호는 정말 이모님 복이 좋았다. 그뿐만 아니라 윤호는 어린이집 가서도 베테랑 선생님을 만나서 케어를 잘 받았다.

윤호가 지금보다 어릴 때는 길에서 위험하게 뛰어다니곤 해서 걱정이 많았었다. 하지만 이모님과 어린이집 선생님께서 잘 챙겨 주신 덕분에 이제는 위험한 행동을 훨씬 덜 한다.

윤재도 어린이집, 유치원, 학교까지 함께한 선생님 모두가 윤재의 성향과 잘 맞는 분들이었다. 윤재는 부끄러움이 많고, 윤호에 비해서 약간 더 예민한 편이다. 차분한 분들이 윤재의 담임을 맡아주셨고, 윤재의 작은 변화와 반응도 잘 관찰해 주셨다가 정기적으로 우리에게 알려주셔서 윤재를 돌보는 게 훨씬 수월했다.

'선생님이라면 당연히 해야 하는 일들 아닌가요?'라고 생각할 수도 있다. 하지만 다른 부모님들과 이야기를 나눠봤을 때, 아이들이 전반적으로 좋은 인연을 만나서 마음 편하게 보살핌을 받았다는 말을 듣는 경우는 흔치 않았다. 그래서 우리 아이들이 인복을 타고났다고 자연스럽게 생각하게 됐다. "윤재야, 윤호야 너희는 정말 사랑받고, 이쁨을 많이 받고 있단다."라는 이야기를 아이들에게 당당하게 할 수 있을 정도로….

하지만 타고난 인복만 믿고 자기 마음대로 살면 안 된다. 그래서 아이들이 커서도 계속 인복이 넘칠 수 있도록 작은 습관들을 심어주려고 노력하는 중이다.

첫 번째는 인사다. 아파트에서 만나는 이웃분들, 어린이집이나 학교 근처에서 만나는 선생님 또는 아는 학부모님들께 먼저 인사하게 했다. 물론 엄마, 아빠가 먼저 인사하는 모습을 보여줘야 한다. 윤호는 모르는 사람에게까지도 인사를 잘하고, 윤재는 아는 사람에게도 부끄럼을 타면서 조심스럽게 인사를 한다. 둘의 이런 성향이 서로 잘 섞이면 좋겠다고 아내와 같이 기도하고 있다.

두 번째는 미소다. 솔직히 고백하면 우리 부부는 둘 다 표정이 단조롭다. 어릴 적부터 감정을 숨기고, 철든 모범생 첫째로 살아왔던 게 표정에 반영되어 있다. 그리고 그 사실을 둘 다 잘 알고 있다. 그래서 아이들과 함께 할 때는 일부러 더 웃고, 입꼬리를 올리는 연습도 함께 한다. 오히려 아이들에게 해맑게 웃는 법을 우리가 배우는 쪽에 가깝다.

마지막은 경청이다. 상대방이 말할 때 눈을 보고 고개를 끄덕이면서 듣는다. 그리고 경청은 질문하는 것과 연결되어 있다. 경청해야 상대의 말을 이해하고 좋은 질문을 할 수 있으니까. 좋은 질문을 해야, 호기심을 가지고 경청해서 들을 수 있다.

우리 부부는 아이들에게 자주 질문한다. '오늘 학교에서 뭐가 제일 재미있었어요?', '오늘은 자전거 탈 거예요? 아니면 킥보드 탈 거예요?', '왜 오늘은 자전거를 타고 싶어요?' 등등. 질문하고 나서 잘 들으면 다음 질문을 자연스럽게 이어갈 수 있다. 만약 아이가 단답식으로 끝내면, '그랬구나. 그래서 그다음은 어떻게 되었어요?' 이렇게 잘 듣고 있고, 추가로 더 궁금하다고 질문한다.

원래 우리 부부가 이랬던 사람들은 아니었다. 같이 육아하면서 관련된 책도 보고 강의도 들으면서 우리가 미처 인지하지 못한 부분들을 파악해 보기 시작했다. 그런 가운데서 가장 본질에 가깝다고 생각하는 것들 위주로 실천을 해본 것이다.

앞에 말한 3가지만 어릴 적부터 잘 챙기면, 커가면서도 아이들이 인복 걱정 없이 살 거라고 확신한다. 성공한 분들을 만나보면 주변 분들을 통해서 좋은 기회가 생겨 잘 풀린 경우가 많다. 그런데 그분들은 자신이 그런 인복을 가지게 된 원인을 정확히 모르는 경우도 많다. 그분들은 인사를 잘하고 웃으면서 상대를 배려하는 말을 하고, 잘 듣고 잘 질문하는 습관을 갖고 계셨다. 내가 10년 넘게 성공한 분들을 다양하게 만나서 관찰한 결과이기도 하지만, 이런 내용들은 사실 수천 년간 읽히는 경전이나 고전들 곳곳에 담긴 내용들이기도 하다.

인사는 만나서 하는 인사도 있지만, 시대가 바뀌었으니, 카톡이나 전화로 안부를 전하는 인사도 해당된다. 미소를 자주 지으면 주변에 험한 말이나 깎아내리는 말도 잘 하지 않게 되니까 곁에 계속 좋은 사람들이 끊이지 않는다. 또 질문을 잘하고, 잘 듣는 사람은 대단한 노력을 하지 않아도 대화를 하고 싶어서 주변에 좋은 사람들을 모이게 만든다.

성공의 가장 중요한 요소에 대해서는 사람마다 생각하는 게 다를 것이다. 대한민국에는 아무래도 학벌이나 성적이 중요하다고 믿는 분들이 많다. 그게 100% 틀렸다고 단정할 수는 없지만, 그게 전부가 아닌 것만은 확실하다. 아이들이 진정한 성공을 이루길 원한다면 '인사'와 '미소'와 '경청'을 습득하게 하는 것이 최우선이라고 생각한다. 너무 당연해 보이고, 쉽고, 아무것도 아닌 것처럼 보이는 것들이다. 하지만 대다수 사람은 그 가치를 제대로 모르고 있다.

혼자만 잘난 채로 사는 게 쉽지 않은 세상이다. 하지만 요즘 아이들은 수단과 방법을 가리지 않으면서 경쟁에 이기고, 이기적으로 살아남는 법을 계속 배워가고 있다. 혼자 더 완벽하고 더 전문가가 되어서 누구도 자신을 무시하지 못하게 만들 수 있다고 생각한다. 그런 가운데 다른 사람과 어울려 함께 잘 사는 법은 잘 익히지 못한다. 혼자 똑똑하면 된다고 생각하는 사람은 자신이 원하는 꿈을 이루는 데 한계에 부닥친다. 그런 사람은 자기 생각대로 일이 안 풀려도 그 이유를 제대로 찾지 못하기 때문이다. 왜냐면 자신이 똑똑한 것이 문제 해결에 방해된다는 것을 절대 생각하지 못할 테니까. 똑똑한 사람은 알고 있는 게 전부라고 생각하기 쉽다. 이처럼 오히려 똑똑하기 때문에 더 큰 한계에 갇혀버리는 경우는 정말 많다.

인복이 있어야, 덜 스트레스 받으면서 자신이 원하는 삶 그 이상을 향해 갈 수 있다. 혼자만 똑똑하다 생각하고 살면 자신도 모르게 인복을 계속 걷어차 버리는 일이 생긴다. 주변에 보면 너무 똑똑한데도 일이 잘 풀리지 않고, 오히려 불행한 것처럼 보이는 사람들이 있을 거다. 우리 아이들이 성적도 좋고, 똑똑한 걸로 인정받는 것도 물론 기쁘겠지만 설령 그렇지 못하더라도 인복만큼은 계속 넘치는 사람으로 컸으면 좋겠다. 그게 진정 여유롭고 행복한 삶을 꾸리는 데 훨씬 더 큰 도움이 될 테니까….

같이 육아

나는 사업하는 사람들이 어떻게 하면 돈을 잘 벌 수 있을까에 대해 같이 고민하고 문제 해결하는 일을 10년 넘게 해오고 있다. 세상에는 그런 고민과 문제를 연구한 책과 강의가 많다. 그리고 접근법도 다양하고, 세련된 기술들도 계속 생겨난다. 재미난 것은 아무리 좋은 기술과 방법을 알아도 성과가 나는 사람이 있고 안 나는 사람이 있다는 사실이다.

돈 버는 데는 운의 영역이 존재한다. 그리고 그 운은 바로 사람에게서 온다. 사람의 마음을 얻는 법을 모르고 방법론만 좇는 분들은 애를 많이 쓰지만 그에 못 미치는 성과로 고통스러워한다.

과거에는 마을에서 여러 세대가 같이 살고, 이웃사촌들과 어울리며 다양한 사람의 마음을 얻는 법을 터득할 기회가 더 많았다. 하지만 요즘 아이들은 핵가족화에 세상도 흉흉해지니 타인과의 접촉을 최소화하며 살고 있다. 이런 이유로 실제 사람 사이에서 부딪혀 보며 깨달을 수 있는 사람에 대한 이해가 부족해졌다. 당연히 사람 마음을 얻고, 인복을 쌓을 방법에 대해 익힐 기회도 줄었다. 그런데도 이 글에 적은 것처럼 아이들이 인복을 쌓는 연습을 할 기회는 분명히 열려 있다. 그리고 이런 연습들이 아이들이 나중을 살아가는 데 돈으로 따질 수 없는 큰 자산이 될 것이다.

우리 부부가 아이에게
계속 질문하는 이유

"윤재야, 오늘 학교에서 뭐가 제일 재밌었어요? 자, 첫 번째!"

우리 부부는 아이와 대화할 때, 거의 질문으로 시작한다. 새로운 경험을 했다면 그것을 할 때 어떤 기분이었는지, 뭐가 재밌었는지 등등 질문할 거리는 정말 많다. 특히 아이에게 질문할 때, 다음과 같은 몇 가지 원칙을 갖고 하려고 노력한다.

우선, 숫자를 붙이는 것이다.

아이는 질문을 듣고 첫 번째 답변을 가볍게 하고 나서 두 번째,

세 번째까지 답변하는 경험을 한다. 아이가 세 번째까지 답변을 생각하다 보면 조금 더 깊게 고민하고 점점 더 진지한 답변이 나오기도 한다. 과거 내가 한참 스피치를 배울 때, 한 가지 주장을 하고 그 근거로 세 가지가 있다고 말하는 방식이 인상 깊어서 이렇게 해보고 있다.

윤재와 윤호는 한 가지 주제와 관련해서 적어도 세 가지 근거나 이유를 말하는 게 점점 자연스러워지고 있다. 나중에 두 아들이 스피치 할 일이 있을 때도 분명 도움이 될 것이다. 특히 윤재는 유치원 등원을 함께할 때부터 이런 식의 대화를 자주 나눴다 보니 초등학생이 되고 나서는 질문을 받으면 자기가 먼저 첫 번째, 두 번째를 붙이면서 이야기하는 빈도가 늘었다.

질문 원칙과 관련된 또 다른 에피소드가 있다. 경험하면 할수록 질문은 설득보다 강한 것 같다.

"나 오늘 어린이집 가기 싫어~"
"그래도 가야지. 어린이집은 가야 하는 곳이야. 다른 친구들도 다 가는 데 혼자 안 가면 심심하지."

아침마다 잘 따라주던 윤호가 어느 날 갑자기 이렇게 말하면

괜히 마음이 급해지고 계속 설득하게 된다. 설득 반, 협박 반으로 아이를 달래본 분은 아실 거다. 꿈쩍도 하지 않고 오히려 더 안 간다고 우기고 억지를 부린다. 나와 아내도 처음에는 이런 경험을 하면서 땀을 뻘뻘 흘리곤 했다. 그러다 밑져야 본전이라는 생각으로 질문을 계속 아이에게 던졌다.

1. 윤호야, 그런데 오늘은 이 공룡 티 입고 갈까? 아니면 코코몽 티를 입고 갈까?
2. 오늘은 유모차 타고 갈까? 아니면 킥보드 타고 갈까?

이 질문에는 어린이집 갈까 말까를 결정하는 내용은 없다. 일단 가는 것을 전제로 선택하는 내용들이다. 윤호가 확실히 선호하는 선택안 하나와 덜한 선택안 하나를 가지고 질문을 해보는 거다. 물론 때에 따라서는 아이가 대답도 안 하고, 우기기만 할 경우도 있다. 하지만 그래도 협박하듯이 설득하고 목소리를 높이는 것보다는 낫다고 생각하기 때문에 계속 질문한다.

질문을 여러 번 듣다가 아이가 하나에 꽂혀서 덥석 대답하면, 절반은 성공한 거다. 그렇게 대답한 것을 칭찬해 주고 선택한 대로 해주겠다고 하면서 자연스럽게 같은 편이 되는 거다. 설득할 때는 반대편에서 하는 거니까. 설득을 내려놓고 질문하고 선택권을 주는 순간 아이와 같은 편이 될 확률이 높아진다. 실제로 설득

대신 질문하는 방식으로 바꾸고 나서는 등원 안 한다고 떼쓰는 윤호와의 충돌이 90% 이상 줄었다. 실로 엄청난 효과를 본 것이고 우리 부부의 에너지 낭비를 줄인 것이다.

서점에 가보면 부모의 대화법과 태도에 관련된 책들이 많이 있다. 그런 책들을 여러 권 보면서 핵심 키워드로 기억되는 것이 바로 질문이라는 키워드였다. 이럴 땐 저렇게 말하고, 저럴 땐 이렇게 말하고, 이런 대화 자체를 상황별로 외우는 건 귀찮고 어렵다. 나는 그저 아이에게 맞춰서 어떤 질문을 할지 생각한다. 그 순간마다 스스로 생각해 보고 떠오른 것을 바탕으로 아이에게 질문하는 것을 계속 시도하다 보니 자연스럽게 질문하는 노하우가 생겼다.

첫 질문은 최대한 아이가 답변하기 쉬운 질문으로 하는 게 좋다. 그 질문에 답변하고 나면, 그다음은 무척 쉬워진다. 아이가 대답한 것을 바탕으로 또 추가 질문을 하면, 아이도 금방 몰입을 시작하고 대화가 계속 이어질 수 있다. 사실 우리나라 사람들은 질문하고 질문받는 게 익숙하지 않은 경우가 많다. 우리 부부도 예외는 아니다.

과거에 오바마 대통령이 기자회견을 할 때, 한국 기자들에게만 질문권을 주었는데 아무도 질문하지 못했던 유명한 일화를 들어

본 적이 있을 것이다. 성인이 되어서는 질문하고 질문받는 법을 배울 기회가 확실히 줄어들 것이다. 그래서 아이들이 어렸을 적부터 질문을 받고, 질문하는 것을 자연스럽게 느낄 수 있도록 해줘야 한다. 그리고 그렇게 자라난 아이들은 앞으로 맞이할 많은 문제를 원활하게 해결하는 능력이 생길 것이다.

아이들은 모르는 게 생겨도 혼자 끙끙 앓기보다는 질문을 통해서 덜 스트레스 받고 해결책을 검토하게 된다. 질문하면서 특정 그룹의 대화를 리드해 가는 경험을 할 텐데, 그 덕분에 자신을 따르는 사람도 늘 것이다. 질문을 통해서 상대에게 관심을 표현할 수 있고, 질문 덕분에 상대와 오해가 생길 일도 줄어든다.

안타깝게도 우리 부부는 둘 다 주입식 교육에 100% 적응했었고 결혼하고 나서야 질문의 중요성을 알았다. 그래서 육아의 핵심 키워드를 질문으로 잡은 것은 매우 큰 행운이라 생각한다.

중요한 사실은, 질문은 하면 할수록 는다는 사실이다. 그래서 질문에 익숙하지 않았던 부모님이 계셔도 지금부터 아이들에게 질문을 자주 한다면 점점 더 익숙해질 것이다. 질문의 출발은 아이에 관한 관심에서부터 시작한다. 억지로 답변을 듣기 위해 하는 질문이 아니라는 것을 잘 기억하면 점점 질문하는 데 익숙해질 것이다. 이 책을 읽어보신 분 중에 한 분이라도 아이에게 하는 질문의 강력함을 알게 된다면 정말로 뿌듯할 것 같다.

같이 육아

아이 교육에 관심 많은 분이라면 발도르프나 하브루타 교육에 대해서 들어본 적이 있을 것이다. 우리 부부 역시 제도권 교육 이외에도 관심이 있어서 대안학교를 운영하는 교장님들을 뵙고 따로 인터뷰 한 적도 있다. 이런 노력을 통해 공통으로 발견한 것은 질문에 대한 중요성이었다. 아이들이 질문하고 경청하고 생각을 기록하고, 또 몸으로 표현하는 것만 자의적으로 반복할 수 있다면 아이들은 어른들의 상상보다 훨씬 더 성장할 수 있다고 믿는다.

하지만 아이들은 성장하면서 질문할 기회를 얻지 못하는 경우도 많다. 또 어른들이 임의로 정한 답을 주입받기에 바쁘다. 자신의 흥미로부터 시작한 공부가 아니기 때문에 공부를 재미있게 지속해 나가기 어렵다.

따라서 아이의 관심사로 질문하고, 아이의 질문 역시 잘 들어주려는 노력이 필요하다. 가끔 잘 모르는 내용으로 부모가 질문을 받으면 곤란하기도 하다. 하지만 그때 오히려 역으로 아이에게 질문하면 아이가 자기만의 생각을 말하는 계기가 되기도 한다. 질문에는 무궁무진한 가능성이 숨겨져 있다.

질문, 이 단순한 키워드 하나가 우리 아이의 미래를 바꿀지도 모른다. 오히려 복잡한 것들이 부모의 눈을 가리고 있는지 한번 살펴볼 일이다.

세상에 설득당하고 싶은 사람은 없다

"이제 TV 그만 봐야지~", "그만 놀고 밥 먹어야지~", "이제 그만 놀고 씻어야지~" 아이들과 지내다 보면, 부모가 원하는 행동을 즉각 독려하게 되는 때가 생긴다. 그리고 그때 하게 되는 말은 위에 적은 것처럼 지금 해야 할 행동을 그대로 언급하는 것들이 대부분이다. 하지만 이런 말을 한다고 아이들이 바로 따르는 경우는 드물다.

"아이들이 말을 잘 안 듣는데 아빠가 좀 해결해 줘야 할 것 같아." 아내는 정확하게 지금 해야 할 말에 집중해서 말하는 편이다.

사실 의도는 그렇지 않은데 해야 할 말을 정확히 해서 말이 차갑게 들리고 오해를 불러일으키기도 한다.

"아이들 설득하느라, 고생이 많아 우리 와이프."
"그러니까 신랑이 좀 해결해 줘~"
"알았어. 기다려 봐봐."

말을 안 듣고 있던 아이가 어느새 밥을 먹고 있고, 씻고 있는 모습을 보면 아내는 또 한숨을 돌린다.

"또 어떻게 한 거야~"
"그냥, 아이들이 듣고 싶은 말을 한 거지 뭐."

세상에 설득당하기를 원하는 사람은 없다. 그리고 사람은 관성에 지배받기 때문에 현재 상태를 계속 유지하려고 한다. 그래서 뭔가에 집중해서 푹 빠져 있는 사람에게 다른 행동을 하게 만들려고 하면 상대는 100% 불쾌감을 느낀다.

아이들을 키우면서 항상 반복해서 일어나는 일은 모두 여기에 해당되는 것들이다. 아이들은 자신들이 하고 싶은 것에 항상 꽂혀 있다. 그리고 부모는 그런 아이들이 다른 행동을 바로 하도록 설득한다. 그러면 아이들은 말을 듣지 않는다. 지금 머무는 상태가 편하기 때문이다. 게다가 누군가 자신을 설득하려고 하는 행위 자체에 반감도 있다. 말투가 따뜻하든 차갑든 상관없다.

사람들은 누군가가 지금 자신이 몰입해 있는 상황을 방해하고 설득하려는 자체를 싫어한다. 아이든 어른이든 상관없이…. 그럼, 어떻게 해야 아이들이 말을 들을까?

일단 아이들이 부모의 말을 당연히 들어야 한다는 강박을 버려야 한다. 또 아이들은 자신들이 그다음 무엇을 해야 하는지 보통 아는 경우가 많다. 부모가 뭔가 해야 한다고 말하지 않아도, 특정 분위기와 환경이 갖춰지면 이미 느낀다.

'아, 밥 먹을 시간이구나', '씻어야 할 때구나', '어린이집 가야 할 때구나' 이미 아이들은 안다. 이미 아는데 옆에서 말하면 오히려 더 하기 싫은 기분, 어른들도 잘 알 것이다. 물론 아이들도 똑같다. 그래서 나는 그냥, 아이들이 지금 하는 행위 자체에 집중해서 말을 건다.

"우와 윤재야, TV 재미난 거 보고 있네~? 얼마나 재밌어? 1부터 10중에…."

"이거 한 9만큼 재밌는데?"

"우와 9만큼 재밌구나. 그런데 아빠도 같이 봐도 돼?"

"응, 같이 보자."

"그래, 그런데 아빠가 잘 모르니까 윤재가 내용 설명 좀 해줄래"

아이들은 자신이 빠져 있는 상황에 부모가 공감해 주고, 인정해 주고, 말을 걸면 신이 나서 대화에 참여한다. 최소한 이런 상태까지는 가야 부모가 하는 말을 듣기 시작하는 것이다. 이미 한 곳에 몰입해 있는 아이의 행동을 바꾸려는 부모의 말은 아이에게 전혀 전달되지 않는다.

이런 대화 시간은 그리 길지 않아도 된다. 길어야 5분. 보통은 2~3분이면, 아이들은 자신이 빠져 있는 현재 상태를 주제로 이야기를 충분히 할 만큼이 된다.

"그런데, 윤재야 우리 아직 안 씻었는데 더 늦으면 못 씻고 그냥 잘 것 같아. 어떻게 할까?"

"그냥 자도 될 것 같은데…."

"그냥 자고 싶구나. 그러면 더러워도 꾹 참고, 그냥 잘까?"

"…"

"윤재가 그렇게 하고 싶으면 그렇게 해도 돼."

"…"

"대신에 아빠는 윤재랑 같이 못 자겠네. 냄새나서~ 우왕 내 코 썩네~"

아이에게 선택권을 주는 질문을 던지면서, 아이가 스스로 그 상태로 갈지 말지 결정하는 과정을 최대한 이끌어 본다. 대부분의 경우 부모가 원하는 결정을 바로 하지 않을 것이다. 그럼에도 불구하고 아이 스스로 자각하고 부모가 원하는 행동을 할 확률은 분명 높아진다. 그래도 계속 아이가 결정을 안 할 때는 대화를 하다가 장난을 치면서 분위기를 좀 더 밝게 바꾸는 시도를 해본다.

아이에게 결정권을 주면서 부드럽게 대화하다가 아이가 자꾸 꾀를 부릴 것 같으면, 간지럽히고 장난을 치면서 확 분위기 전환을 한 다음, 손을 내밀고 '가자' 이렇게 하면 기분 좋게 따라오는 확률이 높아지는 것이다. 그러면 그냥 처음부터 장난을 치고, 간지럽히면 되는 거 아니냐고 할 수도 있다.

부모가 원하는 목적을 달성하기 위해 바로 간지럽히고 장난치는 것은 아이들도 금방 파악한다. 여기서 중요한 것은 아이들이 빠져 있는 상태에 대해 부모가 존중한다는 모습을 보여주는 것이다. 그래서 부모가 실제로 관심을 가지고 대화하면서 아이가 신나게 이야기할 수 있게 하는 게 정말 중요한 과정이다.

아이가 지금 하는 것을 중단하고 그다음 행동을 해야 할 것들에 대해서 스스로 인지하고, 선택할 수 있도록 부모가 질문으로 유도하는 과정이 꼭 필요하다. 그렇게 했는데도 안 되면 장난을 치거나 정말 급하면 도깨비가 온다고 겁주는 방법을 시도한다. 앞에 말한 여러 단계 중 어떤 단계에서 아이가 반응할지 모른다. 이왕이면 초반에 대화하고, 아이들에게 선택지를 물어보는 과정에서 아이들이 스스로 자신의 다음 행동을 선택할 수 있으면 제일 좋다.

이때 부모가 원하는 목적을 달성하는 것은 어찌 보면 부차적이라 할 수 있다. 한두 번 그 목적을 달성하지 않아도 인생에 큰 지장 없는 경우가 대부분이니까. 밥 한 번 굶을 수도 있고, 유치원 한번 안 갈 수도 있다. 하지만 그보다 더 중요한 것은 아이들이 현재 상태에서 다른 상태로 갈 때, 기꺼이 가는 경험을 자주 하는 것이다. 부모가 다른 목적이 아니라 이 포인트에 집중하면, 아이에게 하는 말들이 목적 지향적이거나 명령조가 아니게 바뀔 수 있다. 그래야 아이들과 '대화'가 가능해지고, 아이들에게 '질문'을 할 수 있게 되고, 아이 스스로 '선택'하게 도와줄 수 있다.

"사실 어렵긴 한데, 신랑이 하는 거 보면서 나도 자연스럽게 아이들한테 질문하게 되는 거 같아."

"맞아. 각자의 성향도 다르고, 부모도 여유를 부릴 수 없는 상황은 있으니까. 물론 나도 매번 이렇게 하지 못할 때도 있고…."

나는 사람을 더 잘 설득하기 위해 다양한 심리학, 최면 등을 공부했고, 그것을 활용해서 돈도 벌고, 여러 사람과 사업기회를 만들기도 했었다. 하지만 화려한 대화법을 가지고 설득하면 어쩌다 단기적인 효과가 나는 경우도 있지만 대상에 따라 극한 반발을 불러올 수도 있다는 사실을 경험했다. 반면에 상대의 입장을 고려하고, 상대에게 선택권을 주려고 하면 오히려 장기적으로 좋은 관계를 유지할 수 있었다. 실제로 이런 행동들 덕분에 생각지도 못했던 기회를 만든 경우가 많았다.

이 경험을 바탕으로 육아할 때 실제로 적용해 보고, 아이들의 반응이 예상대로 나오는 것을 보면서 나름 뿌듯해하고 있었다.

"신랑은 정말 육아서 써야 한다니까."

"그래서 지금 우리 같이 쓰고 있는 거잖아. ㅎㅎ"

같이 육아

나는 영업으로 사회생활을 처음 시작했다. 그 회사에서는 어떻게 하면 사람을 잘 설득할 수 있는지에 대해 계속 교육했다. 멘트를 달달달 외우게도 했고 고객을 만나면 쉴 틈 없이 외운 이야기로 설득하게 한다. 심리학적 근거를 바탕으로 만든 멘트를 토시 하나 안 틀리게 외워서 말하다 보면 상대방의 이야기를 들어볼 기회를 놓친다. 그러면 상대가 무엇을 원하는지에 맞춰서 대화할 수 없다. 그래서 상대방은 내 이야기에 더 이상 흥미를 갖지 않는다. 애써 상대를 설득하려고 하는 사람들은 무엇이 원인인지도 모르고 이런 실수를 하면서 반복적으로 악순환을 겪는다.

영업뿐만 아니라 가정에서도 똑같이 적용되는 내용이다. 진짜 관심을 가지며 상대에게 질문하고, 상대의 말을 경청하고, 거기에 맞춰서 대화를 이어 나가면 된다. 그러면 설득하지 않고 상대를 설득하게 되는 마법이 이뤄진다.

경계 없는
아이에게 배우자

"엄마, 아빠 여기 빨간 돌은 용암이야. 용암 피하면서 이제 가는 거야~" 윤호 덕분에 어린이집 가는 길이 오늘은 갑자기 서바이벌 공간으로 변해버렸다. "엄마, 우리 어제 미국 가서 수영했지?" 1년 전에 미국을 다녀왔어도 윤호에겐 그저 어제 일에 불과하다. 이처럼 아이들이 하는 말을 잘 관찰하면 참 신선하고 창의적인 표현들을 듣게 된다.

아이들과 시간을 오래 보내면서 아이들의 말과 행동을 분석하다 보니 아이들은 경계 짓는 게 별로 없다는 사실을 알게 되었다.

뻔한 길이 갑자기 서바이벌 장소가 되면서 공간의 경계가 사라진다. 1년도 어제가 되는 것처럼 시간의 경계도 사라져 버린다. 그런데 아이들은 자라면서 교육을 받고 사회화 과정을 거치면서 결국 경계 짓는 법을 배우게 된다. 경계가 없던 아이들은 이런저런 경계를 짓고, 또 짓고 하다가 전세 거지, 월세 거지 같은 혐오스러운 경계선까지 치는 단계에 이른다.

신혼부부들이 집안일을 갖고 경계를 만들어서 사는 경우가 늘어난다는 뉴스를 봤다. 통장도 각자 통장이 있고, 공동 생활비 통장도 구분 지으며 계약서 같은 것을 만들어 철저히 지키면서 사용한다고 한다. 이렇게 경계 짓는 것이 많아질수록 오히려 침범받고, 차별받는 느낌을 서로 더 주고받기 마련이다.

'이 돈은 왜 공동통장에서 썼어?', '당신이 이만큼 썼으니까 나도 이만큼 좀 써야겠어.' 이렇게 경계를 짓고 구분해서 사는 게 합리적이고 이성적인 판단을 가능하게 한다고 생각하기 쉽지만, 시간이 갈수록 날카로운 경계의 날들 사이에서 마음을 베이는 일이 늘어나기 마련이다.

선악과를 따 먹고 나서 선과 악의 경계를 알고 부끄러움을 알게 되면서 이전에 누렸던 자유를 못 누리게 되었다는 성경의 이야기가 떠오르는 대목이다. 어른이 되어가면서 재산, 학벌, 직업, 외모와 같은 것들로 끊임없이 경계를 짓고 그 안에 들어가서 살려고 발버둥 친다. 또 그 경계를 아이들에게 주입한다. 하지만 정말 우리 스스로 되물어 볼 필요가 있다. 부모가 주입하는 경계가 아이들을 진정 행복하게 만드는지….

가만히 보면 아이와 어른의 경계도 원래는 불분명하다. 20살을 경계로 갑자기 몸과 정신이 어른으로 바뀐다고 믿는 분은 없을 것이다. 세상에는 스스로 아이라고 생각하는 아이들과 어른인 척하는 나이 든 아이들만 있을 뿐이다. 결국 모두 아이인 거다.

어른인 척하는 아이들은 무경계의 자유로움 속에서 행복하게 살고 있는 아이들에게 오히려 경계 짓기를 강요하고 있다. 나는 이것이 반대로 교육을 받아야 한다고 생각한다. 불필요한 경계를 계속 만들면서 피곤하게 살고, 주변 사람과 비교하며 스스로를 끊임없이 괴롭히는 어른들이 오히려 아이들로부터 무경계를 배워야 하지 않을까? 그래서 우리 부부는 육아하면서 우리가 배운다고 생각한다. 우린 최고의 선생님을 두 분이나 모시고 있는 거다.

부부의 일도 마찬가지다. 이건 내 일이고, 저건 너의 일이라고 경계 짓고 살다 보면 당연히 서로가 만든 경계의 날로 상대에게 끊임없이 상처 준다. 어제 내가 궂은일 했으니, 오늘은 당신이 궂은일을 해야 한다는 흠 잡을 수 없는 합리적인 경계 짓기가 오히려 결혼 생활을 망친다. 결혼은 단거리 달리기가 아니라 장기 마라톤이다. 경계 짓는 게 많아질수록 부부는 결혼을 단거리 달리기로 보게 된다는 사실을 많은 사람이 놓치고 있다.

그 와중에도 아이들은 경계 짓지 말라는 메시지를 부모에게 반복해서 알려주고 있지만 바쁜 엄마, 아빠는 그 메시지를 알아챌 여유도 없다. 육아가 부모 관점에서 아이를 돌보는 것이라고만 생각하면 반쪽짜리 육아로 끝날 수 있다. 하지만 잘 관찰해 보자. 아이가 부모에게 알려주는 것이 오히려 더 많을 수 있으니까….

같이 육아

사회화라는 명목으로 우리는 세련되게 경계 짓는 법을 배워왔다. 너와 내가 구분되고, 남과 여가 구분되는 기본적인 구분부터 시작해서 시대를 거쳐 가며 점점 더 경계는 세분되기 시작했다. 서민층, 중산층, 상류층, 지방대, 인서울, 스카이 이런 경계들이 우리의 인식을 지배하기 시작했다.

의도를 알 수 없는 경계들이 계속 생겨나고, 그 경계들이 사람들의 인식에 강력한 영향을 끼치면서 불행한 사람들이 늘고 있다. 왜냐면 새로 탄생한 경계를 기점으로 비교가 시작되기 때문이다. 불행해지고 싶다면 비교를 시작하라는 말이 있다. 그리고 비교의 시작은 경계 짓기이다.

불필요한 경계가 많아질수록 비교할 거리는 넘치기 시작하고, 비교의 칼날에 베이는 사람도 늘어난다. 어른들은 더 많은 구분을 통해서 판단의 편의와 효율을 높일 수 있다고 아이들을 가르친다. 공부도, 인간관계도, 감정도, 심지어 자산도 말이다.

하지만 그게 우리의 행복도를 높이는 데 도움이 되는지는 의문이다. 우리 부부는 경계 없음의 행복을 윤재와 윤호를 통해서 자주 목격한다. 그리고 이 아이들이 그것을 우리에게 알려주려고 한다는 느낌을 지울 수 없다. 경계로부터 자유로울 때 점점 행복해지는 것을 실제로 경험하고 있으니까….

믿는다면,
기다리자

"오늘도 윤재 친구 엄마가 목동으로 이사 간다고 하더라."

"아, 아이 교육 때문에?"

"응~"

"나도 얼마 전에 한 분이 지금이라도 대치동으로 이사 오라고 하시던데…. ㅎㅎ"

학부모가 되면 자연스럽게 한국의 교육열에 적응하는 시간이 필요하다. 사실 우리 부부는 아이에게 공부에 대한 압박을 주지 말자고 아이 갖기 전부터 여러 번 다짐했다. 왜냐하면 그렇게 하지 않으면 어떤 식으로든 주변에서 듣는 말들에 마음이 흔들리고, 우리가 지금 가지고 있는 교육관을 바꿔버릴 것 같았기 때문이다. 역시나 주변에 학부모님들이 늘면서 우리가 가지고 있는 교육관에 대해서 불안감을 표출하는 분들의 반응을 자주 보곤 했다.

"다들 처음에는 그렇게 공부 안 시키려고 해도, 아이들이 학교에서 적응 못 할까 봐 결국 시키게 돼요." "저도 이렇게 애들 학원 보낼 생각은 처음에 없었어요. 그런데 다른 아이들이랑 비교되면 아이한테 오히려 더 안 좋을 것 같더라고요." 이렇게 말씀하시는 부모님들의 마음을 너무 잘 이해한다. 그리고 아내와 나 역시 언젠가 그렇게 마음을 고쳐먹을지도 모른다.

만약 시간이 지나도 주변에서 계속 이런 이야기만 듣게 된다면 우리 부부는 불안을 참지 못하고, 전투적으로 아이들이 공부에 매진하도록 움직일 것이다. 하지만 우리는 적극적으로 그 반대의 선택을 했던 부모님들을 찾고 만나서 이야기를 듣고 있다.

"처음에는 불안했죠. 성적이 안 나올 수밖에 없으니까. 못 따라가면 어쩌나 불안했는데, 믿었죠, 뭐 ㅎㅎ. 자기가 하고 싶은 거 하라 그러고…. 그런데 고등학교 갈 때쯤 갑자기 학원을 보내달라고 하더니 고등학교 가서는 전교 석차 상위에서 놀더라고요."

이런 이야기를 우연히 한번 들으면 그 아이가 특출나서 그랬을 거로 생각하고 대수롭지 않게 여겼을 것이다. 혹은 말은 그렇게 해도 뒤로는 공부시킬 거 다 시켰을 거로 의심했을지도 모른다. 그런데 만약 이와 똑같은 패턴의 이야기를 10번 이상 확인했다면 어떤 생각이 들까? '일리가 있는 이야기일지도 모르겠군.' 이런 생각이 들지 않을까? 내가 이런 이야기를 하시는 부모님 혹은 관련 업종에 계신 분들을 만난 것뿐만 아니라, 전해 들었던 사례까지 합치면 100건도 더 될 것이다.

우리 부부의 교육관을 지속하기 위해서 적극적으로 그와 같은 선택을 하셨던 분들의 이야기를 듣고 관련된 책도 찾아보았다. 그런데 여기서 하나 짚고 넘어갈 부분이 있다. 절대로 우리 부부의 교육관이 정답이라고 말하려는 게 아니다. 아이 교육에 열정적으로 투자하는 부모님들의 기를 꺾고 싶은 것은 더더군다나 아니다. 부모님마다 자신의 교육관이 존재하고, 그것을 지키거나 수정하면서 발전시키는 것은 각자의 영역이라고 믿는다.

다만 우리 부부처럼 상대적으로 '방치'하는 느낌의 교육관을 가진 부모님은 한국 특유의 교육열 속에서 특이한 사람 취급을 받거나 가끔은 무식하다는 소리를 듣는 경우도 생긴다. 이런 부분에 대한 오해도 풀고, 다양한 교육관에 관해 관심을 가지면 도움이 될 것 같아서 이런 내용을 다루고 있는 것이다.

부모님들이 스트레스받으면서도 열심히 돈을 버는 이유 중 대부분을 차지하는 게 무엇인가? 맞다. 우리 아이들 공부 든든하게 시키고, 잘 키우기 위해서이다. 돈 버느라 아이와 소통을 덜 하게 되면, 아이에게 돈을 더 써서라도 아이에 대한 미안함을 덜어내고 싶은 마음이 드는 것도 자연스러운 현상이다.

다만, 믿음이라는 이름으로 포장해서 부모의 불안감을 아이에게 투사하는 단계까지 가면 아이와 부모 양쪽 모두 결국 같이 무너지는 경우가 생긴다. '내가 너를 믿어서 이렇게 열심히 돈 벌고, 지원하는데 그것밖에 못 하면 어떡하니?' 멘트가 똑같지는 않겠지만, 이런 취지의 말을 들으면서 부모가 자신을 정말 믿는다고 생각하는 자녀는 별로 없을 거다. 혹은 그렇게 믿더라도 과한 부담으로 받아들인다.

극단적인 경우를 예로 드는 것 같지만, 다양한 사업과 교육을 하면서 누구보다 사람을 다양하게 만나본 경험을 한 입장에서 적지 않은 데이터를 갖고 전하는 이야기이다. 다시 한번 강조하지만, 열심히 사시는 부모님들의 노력을 지적하며 고치라고 하는 말이 절대 아니다. 그저 솔직하게 자신의 마음도 들여다보고, 관찰해 볼 수 있는 계기가 되었으면 좋겠다. 그리고 그런데도 그 방향이 맞다고 생각이 들면 그것은 최선의 선택일 것이다.

다만 이런 고민 없이 주변에서 조성한 불안감 속에서 하나의 정답만 쫓으며 아이들과 극한 대립까지 가는 부모님들을 보면 아쉬운 마음이 드는 게 사실이다. 세상에는 다른 접근도 존재한다는 사실을 전해드리고 싶었다. 결국, 남들과 다른 선택을 하려면 큰 용기가 필요하다. 그리고 용기를 내려면 이전과 다른 생각이 필요하다. 이전과 다른 생각은, '이건 아닌 것 같은데'라는 경험을 반복할 때 생긴다. '아이들을 이렇게 공부시키는 게 맞나? 이건 아닌 것 같은데…' 혹시 이런 생각을 하면서 고민하는 분이 계신다면, 이 책을 통해 이전과 다른 생각과 선택을 하는 데 도움이 되길 바란다.

정말 아이를 믿는다고 당당히 말할 수 있으려면, 기다릴 수 있어야 한다고 생각한다. 부모가 믿는다고 말하면서 조급해하고, 불안해하고, 빠른 성과를 아이에게 요구하고 있다면 아이는 100% 대화를 거부할 것이다. 아이로서는 당연한 반응이다. 부모의 말과 행동이 달라서 혼란스럽고, 실망감이 커지다 보니 더 이상 실망하기 싫어서 아예 대화조차 하지 않는다. 대화 거부는 아이 스스로를 지키기 위한 최후의 선택이다. 아이를 믿는다면, 진심으로 기다리는 모습을 보여주어야 하지 않을까?

진정 기다려 준다면, '믿는다'라고 말할 필요도 없다. 말없이 기다려 주는 게 가장 어렵지만 강력한 방법이다. 대한민국은 기다려 주는 부모가 버티기 힘든 환경이란 것을 너무나 잘 알고 있다. 외부와 내부의 불안을 모두 부모가 떠안아야 하니까. 부모 역시 여전히 약한 존재인데도 불구하고 말이다.

하지만 적어도 부모가 자신의 불안을 아이에게 전가하는 줄도 모르고 살지는 않았으면 좋겠다. 불안을 온전히 부모가 다 떠안거나 아이에게 전가하지 않고 행복하게 살 수 있는 부모님들이 많아지길 바라며 이 책을 채워가는 중이다. 쉽지 않은 이야기라서 정말 많은 응원이 필요하다.

같이 육아

아이와 대화하다 보면 가끔 이런 이야기를 듣는다. "아빠는 나보고 밤에 아이패드 보지 말라고 하면서 왜 아빠는 핸드폰 봐?" 당돌하다는 느낌과 함께 기분이 나빠지려 하다가도 너무 맞는 말이라 움찔하게 된다.

아이들은 엄마와 아빠가 하는 말을 안 듣는 척하면서도 다 듣고 있다. 그리고 엄마 아빠의 행동도 계속 관찰하며 말과 행동 사이에 괴리감이 있을 때, 의문도 제기하고 반발하기도 한다. 그래서 아이들을 가장 괴롭히는 방법은 부모가 말과 행동을 다르게 하는 것이라고 한다.

아이는 부모와 떨어져 살기 힘들다는 것을 알기 때문에 최대한 부모 입장을 이해하려고 노력하지만, 이해가 안 될 때 지속적으로 스트레스를 받는다. 그랬던 아이가 성장해서 한창 공부할 때가 되었을 때 "우린 너를 믿는다."라는 부모의 말을 얼마나 진정성 있게 들을까?

한 귀로 듣고 한 귀로 흘리는 게 자연스럽다. 왜냐면 '믿는다' 말하면서 부모는 행동으로는 그렇지 않은 조급한 모습을 보여왔으니까. 이 말이 아이에게 닿으려면, 실제 부모의 행동도 그 말과 결이 같아야 한다. 다시 한번 강조하지만, 부모 관점에서 같아 보이는 게 아니라 아이의 관점에서 같아 보여야 한다.

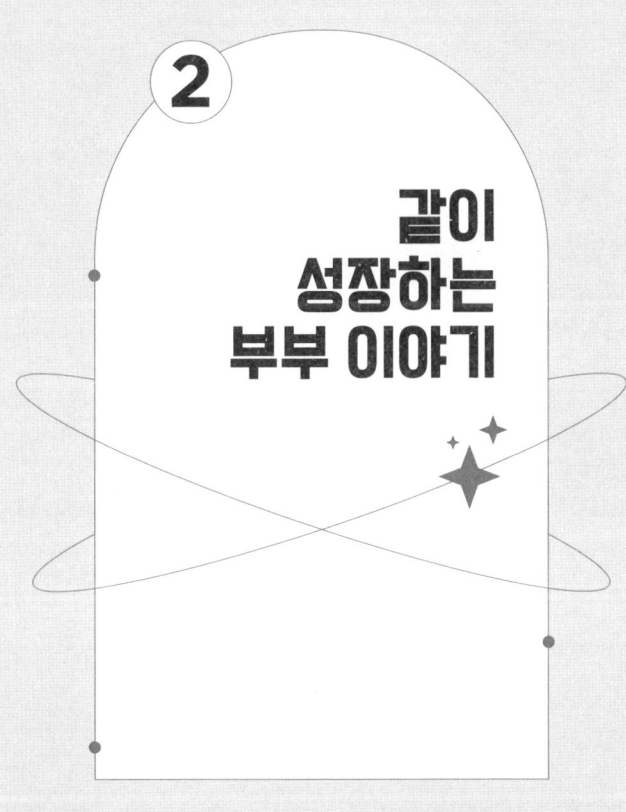

2

같이
성장하는
부부 이야기

커리어를 던지고 같이 육아, 같이 사업을 택하다

"아이가 태어나면, 너무 공부 빡세게 시키지 말자. 솔직히 우리도 공부하느라 너무 힘들었잖아."

"그래, 최대한 많이 뛰어놀게 하고 나중에 자기가 공부 제대로 하고 싶다고 할 때까지 기다리자."

우리 부부는 아이를 낳기 전부터 이미 육아에 관한 이야기를 자주 나누곤 했다. 특히 교육과 관련해서는 최대한 공부 스트레스를 주지 말자고 합의된 결론을 내렸다. 그리고 아이들에게 경제적인 안정감과 자유보다 심리적인 안정감과 자유를 주기 위해 노력하자고 했다.

아내와 내가 경험한 가정환경의 영향도 있었지만, 아이를 낳기 전부터 부부관계나 육아 관련 책을 보고, 강의를 듣다 보니 자연스럽게 이런 방향으로 육아관을 맞춰갈 수 있었다.

그러던 차에 아내는 첫째를 임신했다. 출산을 며칠 앞두고서도 아침 일찍 출근하고 늦게까지 야근도 해야 했다.

"메르스가 유행이라서 더 걱정이야, 마스크를 쓰면 호흡하기도 힘들고…."

전염병이 돌던 때라 우리는 이중삼중으로 걱정이 더 쌓여갈 수밖에 없었다. 우여곡절 끝에 아내는 아들을 출산했고, 바로 육아 휴직이 시작되었다. 출퇴근 개념이 없었던 나는 그때부터 아내와 같이 육아하면서 이런저런 이야기를 나눌 시간이 더 많아질 수밖에 없었다.

자는 중에도 껄껄거리며 웃는 첫째 윤재의 버릇을 보며 우리 부부는 밤마다 같이 웃었고, 분유를 먹인 뒤 토닥여 주면, 시원하게 트림하는 아이와 같이 통쾌함을 느꼈다.

아이의 성장을 이야기하는 게 주된 대화 주제였지만 그 와중에도 가정의 미래, 특히 아내의 커리어에 대한 고민을 나누는 시간이 점점 더 많아지기 시작했다.

"육아휴직이 끝나면 회사로 돌아가야 하는데…(한숨) 회사 일하면서 아이 육아도 잘할 수 있을지 잘 모르겠어. 우리 회사 특성상 야근이 너무 많으니까. 저녁에 일찍 와서 아기 보기도 쉽지 않을 것 같거든…."

"나도 그렇게 생각해. 우리가 아이한테 심리적으로 안정감을 주고 싶어도, 우리가 시간에 쫓기면서 살면 우리의 불안감이나 긴장감이 그대로 아이에게 전달될 확률이 높겠지!"

"한편으로는 은행 쪽에서 10년 넘게 커리어를 쌓았고, 승진도 또래보다는 빨리해서 분명 기회도 많을 것 같거든. 그래서 이 커리어를 놓는 게 쉽지는 않네."

"당연하지! 네가 어렵게 쌓은 커리어인데 나 같아도 포기하기 힘들 거 같아. 시간이 지날수록 점점 더 벗어나기는 어려울 거야 아마도…."

"그렇겠지?"

"지금이 그만두기에 가장 적기인 것 같아. 회사 일로 스트레스받고 긴장도 많이 했잖아, 밤늦게까지 일하느라… 물론 결정은 네가 하는 거지만….”

“그렇긴 한데, 회사 그만두고 집에서 아이만 보면서 지내고 싶지는 않거든. 아이 키우면서도 병행할 수 있는 다른 일을 해보고 싶어.”

“OK! 우리가 원하는 행복한 가정을 완성하려면 지금 회사를 그만두는 게 맞는 것 같아. 같이 즐겁게 육아하면서 같이 돈 벌 방법을 지금부터 천천히 찾아보자.”

10년 넘게 비즈니스 코치 일을 하면서 사업에 관심 있는 다양한 사람들을 만나왔었다. 이 과정에서 직장 다니는 분들이 사업에 관심을 가지고 자신의 고민을 많이 털어놓으셨다. 대부분 사업에 관심을 가졌다가도 직장의 안정적인(?) 월급 때문에 결국 사업으로 전환하지 못하는 경우가 많았다.

직장인 분들이 자유에 대한 동경, 더 높은 수익, 회사에 대한 불만 때문에 습관적으로 직장을 때려치우고 자기 사업을 하고 싶다고 말하는데, 이런 말을 내년에도, 그 후년에도, 길게는 10년 넘게도 지속하는 경우가 있었다. 시간이 가면 갈수록 새로운 결심을 하는 게 직장인으로서는 어렵다는 것을 익히 알고 있었다.

시간이 갈수록 책임져야 할 가족은 늘고, 회사에서 하는 일도 익숙해져, 새로운 시도를 하기엔 늦은 나이가 되었다는 불안감이 더 심해지기 때문이다.

오랜 시간 비즈니스 코칭을 하면서 쌓아온 데이터를 바탕으로 아내의 커리어를 결정하는 기준을 잡아가기 시작했다. 그리고 결국 아내는 아깝지만, 지금까지 쌓아온 커리어와 직책을 포기하는 결정을 했다.

하지만, 아내는 그동안 쌓아온 경력이나 업무 능력을 전부 버리고, 오롯이 육아에만 올인 하고 싶은 것은 아니었다. 그래서 이때까지 쌓아온 '업무 능력'에서 출발해 새로운 사업을 시도해 보기로 결심했다. 육아하면서도 돈을 벌 수 있는 사업 아이템을 찾기로 결심하고 나서 우리 부부는 이전보다 더 많은 대화를 나누기 시작했다.

"지혜야, 어렸을 때 선생님이 꿈이었다고 했지?"

"응. 그리고 영어를 좋아해서 영어교육과에 갔지. 선생님은 안 되었지만, 영어로 일할 수 있는 곳에 취업한 거고."

"그럼, 일단은 영어랑 관련된 사업으로 시작하는 게 좋을 것 같네."

"근데 막상 과외로 영어 가르치는 걸 해보니까 좀 안 맞더라고. 가르치는 건 솔직히 재미가 없었어."

"그래?…. 아, 그러고 보니 직장에서 엑셀도 잘 다루고 PPT도 많이 만들었잖아."

"그치. 디자인은 잘 모르지만, 템플릿을 쓰고 가이드만 있으면 만드는 건 잘할 수 있지."

"그러면 일단 그런 방향으로 안테나를 세워봐야겠구먼…."

이런 식의 이야기들을 매일 나눴고, 각자 틈날 때마다 인터넷을 찾아보며 사업 아이템을 찾고 스터디하는 시간을 가졌다. 거의 1년 가까이 아내는 잠재력을 발견하고 사업 아이템을 찾기 위한 노력을 했다. 윤재를 돌보는 가운데 틈틈이 아이디어에 대해 함께 대화를 나누고 관련된 내용을 유튜브에서 검색하며 공부했다.

짧은 전자책을 써서 아마존에 출간해 보고 고객의 반응을 보기 위해 광고도 해 봤다. 또한 해외에서 편집자를 구해 한국 책을 번역해서 아마존에 책을 출간하는 일도 진행해 봤다. 이외에도 영어를 활용하고, 템플릿을 활용해서 수익을 만들어 보는 다양한 시도를 하면서 아내가 가장 재밌게 할 수 있는 사업 아이템을 찾으려 했다.

결국 글로벌 시장을 염두에 둔 기업에 필요한 영상 콘텐츠 제작 서비스를 정식으로 런칭하기로 했다. 아내가 좋아하는 영어 분야와 그동안 해왔던 업무영역의 조합을 통해서 아이템을 선정한 것이다.

사업 초기에는 작업 인력이 없다 보니 고객을 일부러 좁게 설정했다. 물론 이 아이템으로 확정 짓기까지는 좀 더 시간이 걸렸다. 꾸준한 매출이 나오는 것을 확인해야 했으니까….

이런 일련의 과정에서 우리 부부가 내쉰 한숨을 모으면 체육관 하나를 다 채울 만큼이었지만, 첫째를 돌보면서 새로운 아이템을 찾아간 시간은 우리 부부가 가정뿐 아니라 함께 사업하는 파트너로 성장하게 만든 귀한 시간이 되었다.

'이렇게 하면 같이 육아하면서 사업도 충분히 함께 할 수 있겠는데?'라는 결론에 도달한 뒤 법인 설립을 하고 아내는 CEO가 되어 6년째 사업을 운영해 오고 있다.

사업 초기에 정부 지원도 여러 번에 걸쳐 2억 정도 받았고, 꾸준히 좋은 리뷰를 쌓다 보니 대기업, 공공기관, 방송국들과 영상 제작 프로젝트를 하면서 출퇴근 없이도 돈을 벌게 되었다.

출산하는 데도 1년 가까운 시간이 걸리는데, 육아를 병행하며 사업 아이템을 발견하고 확신을 가질 때까지의 시간도 그 정도로 걸린 것이다.

요즘 광고를 보면 아무것도 몰라도 한 달 만에 월 천만 원 벌수 있다고 유혹하는 내용들이 많다. 이런 광고에 자주 노출되면 안 그래도 조급한 사람들이 더 초조해지게 된다.

아무것도 몰라도 빠르고 쉽게 돈 벌 수 있다고 말하는 내용이 누군가에게는 도움이 될지 모르겠지만, 육아하면서 속도를 내기 힘든 사람에게는 오히려 독이 될 수도 있다.

우리 부부는 긴 호흡으로 같이 육아하며 사업을 같이 하는 환경을 오랜 시간 만들어 가고 있는데 이 책의 지면을 빌어서 이런 라이프스타일에 관한 이야기를 상세하게 전달하려고 한다.

같이 육아

사람마다 추구하는 목표가 다르고, 살아온 삶도 다르다. 결혼 후에 행복하지 않고 싶은 부부는 없을 것이다. 부부가 같이 행복하기 위해서는 이전에 살아왔던 삶에 대한 성찰이 필요하고, 그것이 가지는 한계들도 발견할 필요가 있다.

우리 부부는 공부를 열심히 했던 사람들이었고, 주변에 공부를 잘 한 사람들도 많이 있었다. 하지만 성적을 잘 받는 것만이 꼭 행복한 삶을 보장하지는 않는다는 현실과 흔히 부자라고 불리는 사람들이 꼭 행복한 것만은 아니라는 현실들을 같이 확인했다.

공부를 잘하고, 돈을 잘 벌면 행복할 거라고 그동안 갖고 있었던 과거의 믿음을 돌아보고, 진짜 행복하기 위해서는 어떻게 살아야 할까에 대한 새로운 공부를 같이 시작한 것이다.

그 덕분에 과거에 우리가 알고 있었던 제한적인 삶의 정답들을 하나씩 내려놓으면서 새로운 방향을 정하고 새로운 합의를 해올 수 있었다.

이 과정에서는 의심할 수 없는 목표 하나만 부부가 함께 가져가면 된다. 그것은 바로 가족 전체의 행복이다. 이 목표 안에서 서로 대화하고, 삶의 방향을 조정하고, 서로의 노력을 인정해주는 시간을 지금껏 우리 부부는 보내왔다.

중국어 비밀공부단
- 단조로운 인생에 찾아온 변주

"신랑, 지난주에 우리 중국어 단어 뭐 배웠지? 기억나?"
"아, 배울 때는 다 외운 것 같았는데, 뭐였더라⋯."

소중한 인연은 생각지도 못한 방식으로 찾아와서 인생에 새로운 파동을 만들기도 한다. 우리 부부가 '이지차이나' 유지현 원장님과 10년의 인연이 된 것도 그렇게 시작되었다.

부산과 서울에서 왕성한 활동을 하면서 중국어 수업을 하고, 훌륭한 제자분들을 키워낸 유지현 원장님과의 인연은 다름 아니라 내 첫 책 출간과 관련된 토크쇼에서였다. 유지현 원장님은 그 날 출연하는 다른 강사님을 보러왔다가 우연히 내 이야기를 듣고 감명받으셨다고 했다. 그날 우리 부부는 강연장 좌석에 앉아서 대기하고 있었는데 운명처럼 우리 부부의 좌석 바로 뒤에 유지현 원장님이 앉아계셨고, 강의 전에 자연스럽게 명함 교환을 했다.

그 후 한참의 시간이 지난 뒤, 내가 정기적으로 보내던 뉴스레터를 보시고 유지현 원장님이 바로 반갑게 이메일로 답장을 주셨다.

"제가 중국어를 가르쳐 드릴 수 있는데, 괜찮다면 서울 갈 때 들려서 중국어를 가르쳐 드리고 싶어요. 물론 마케팅 관련 이야기도 편하게 나누면 더 좋고요."

그렇게 우연이 겹쳐 인연이 되었고 유지현 원장님은 부산에서 서울에 있는 우리 집까지 수년간 매주 오시며 잘 따라가지 못하는 중국어를 열심히 가르쳐주셨다.

"지혜야, 난 아무래도 언어에 약한 거 같아. 내가 너무 못 따라가서 원장님한테 매번 죄송스러워. ㅎㅎ"

"나도 항상 죄송스러운데, 그래도 매번 즐겁게 배우는 게 중요하다고 말해주시고 중국어 말고도 인생에 도움 되는 이야기 많이 해주시니까 더 감사하지."

아내가 첫째를 임신하고 있을 때도 유지현 원장님 덕분에 중국어로 태교해서 첫째는 태어나서도 엄마가 중국어 배우는 걸 옆에서 들으면서 자랐다.

"중국어는 성조 때문에 꼭 노래하는 거 같잖아. 그래서 그런지 윤재가 계속 재밌게 쳐다보는 거 같아."
"하긴 우리 둘 다, 평소 말투가 너무 차분해서 중국어 할 때는 윤재한테 좀 더 재밌게 들릴 거야."

우리 부부의 말투는 무뚝뚝한 편이고 높낮이도 별로 없는데 중국어를 말할 때는 말투가 달라졌다. 그런 말투로 중국어를 말하면, 윤재는 궁금한 듯 우리를 쳐다보고 웃는 게 중국어 수업의 또 다른 즐거움이었다.

"근데 우리 둘 다 왜 이렇게 말투가 단조로울까? 나는 어릴 적부터 원래 말이 많이 없긴 했거든.”

“나도 딱히 말을 많이 하거나 감정 표현을 적극적으로 하면서 살진 않았어. 우리 둘 다 맏이라서 어른스러워야 한다는 강박도 있었던 게 아닐까 싶기도 하고….”

“윤재는 우리처럼 그렇지 않았으면 좋겠는데 감정도 더 표현하고…, 더 리드미컬하게 살면 좋겠다.”

감정을 적극적으로 표현하기보다는 숨기는 데 익숙했고 말에 감정과 리듬을 싣는 법을 모르고 자랐던 우리 부부는 중국어를 배우면서 무뚝뚝한 우리 말투의 원인을 찾아보는 시간도 가졌다.

지금까지 살아오면서 삶에 붙어버린 말투와 표현은 단번에 바뀔 수는 없지만, 우리 부부는 아이를 위해서 좀 더 감정 표현을 하고 말을 더 리드미컬하게 예쁘게 하려고 노력 중이다. 그 덕분인지, 지금 9살이 된 윤재, 5살이 된 둘째 윤호는 아직 감정 표현도 잘하고 말투도 우리 부부보다 훨씬 리드미컬하다. 그래서 우리 부부 둘만 있을 때보다 훨씬 더 동글동글한 리듬들이 집안을 가득 채우고 있다.

부산에서 서울까지 매번 오시면서 우리 가족에게 중국어를 가르쳐주시는 정성, 그 와중에도 항상 아이들을 먼저 챙겨주시는 유지현 원장님과의 인연 덕분에 우리 가족은 건강한 리듬을 발견할 수 있게 되었고 행복한 파동을 만들어 가고 있다.

같이 육아

우리 부부는 적극적으로 사람을 사귀는 행동을 잘 하지 않는 편이다. 과거에 사람을 너무 많이 만나서 이제는 더 만나는 것을 조심스러워한다. 아내는 옛날부터 아는 친구들하고 주로 만나는 편이다. 그 와중에도 새로운 인연이 되는 분들이 종종 있는데 대부분 우연에 우연이 자주 겹치면서 인연이 되곤 한다. 마주치리라 생각하지 못했던 시간과 공간에 여러 번 반복해서 만나고, 그 우연 때문에 그다음 인연이 이어지다 보면, 자연스럽게 또 오래 가는 인연이 되는 경우가 생긴다.

사람을 많이 사귀고 만나는 게 '좋다 안 좋다'라고 결론을 지을 수는 없다. 하지만 우연이 여러 번 겹치면서 이어지는 인연에 대해서는 굳이 거부하지 않는 게 좋다는 생각으로 살아가고 있다.

잦은 우연과 함께 가까워지고 있는 인연이 있다면 한번 기꺼이 다음 단계로 이어가 보길 추천한다.

아이 낳기 전
여행 다니길 잘했지?

"이거 봐봐 우리 10년 전에 보라카이 갔을 때 사진인데 예전 추억이라고 떴어."

"우리 뉴욕에 돌아다니면서 고프로로 길거리 찍었던 영상이나 쭉 볼까?"

페이스북이나 네이버에서는 과거에 올라갔던 게시물을 몇 주년 단위로 알림으로 띄워 준다. 결혼하고 3년 동안 아이를 안 가졌는데 그동안 우리 부부는 이곳저곳 여행하면서 사진과 기록을 많이 남겨두었다. 잊고 살다가 핸드폰에 뜨는 여행 사진과 영상을 보면 그때의 기억이 금방 되살아난다.

"지혜야, 이 사진 봐봐. 우리 이때 참 무리해서 여행 많이 다녔어. 돈 벌면 여행 가느라 다 쓰고…. ㅎㅎ"

"일 년에 한 달 이상은 해외에 있었지. 확실히 무리한 건 맞는데 지금 생각하면 그때 가길 잘했다 싶어."

거의 매번 가족 여행을 같이 가는 경표, 유지, 태후 가족이 있는데 결혼 전부터 같이 여행을 많이 다녔기 때문에 아이를 낳고도 함께 여행을 다니곤 한다. 아무래도 과거 우리 부부가 단둘이 있을 때 할 수 있는 여행과 지금의 여행은 차이가 크게 날 수밖에 없다.

길이 험한 곳을 여행한다거나 액티비티가 많은 여행을 한다거나 오래 걸어야 하는 여행은 지금처럼 어린아이 둘이 있는 상황에서는 제약이 있다. 더구나 윤재가 초등학교 들어가고 나서는 수업을 여러 날 빠지고 여행한다는 것은 쉬운 일이 아니다.

"그래, 그때 둘이 부지런히 여행 다니길 잘했어."

코로나 때부터 TV에서 여행 프로그램은 항상 인기가 높았다. 다른 프로그램은 잘 안 보지만 여행 프로그램은 둘이 잘 챙겨보는데, 가끔 우리가 갔던 여행지가 나오거나 하면, 그때의 추억을 회상하면서 또 한참 신나게 이야기를 나눈다.

두 아들을 등·하원 시키고, 아이들의 스케줄에 맞춘 일상에서 우리 부부의 대화 주제가 한정적일 수밖에 없지만 과거에 함께했던 여행지 이야기로는 언제든 들뜬 대화가 가능하다.

"지혜야, 우리 집 앞에 얼마 전에 일본식 장어덮밥 집이 생겼대. 한번 먹으러 가보자."

"우리 일본에서 100년 넘은 장어 장인 집에 가서 먹었던 적 있잖아. 뭔가 비슷한 맛일까?"

"여기가 베트남 현지 느낌으로 분짜를 맛있게 하는 곳이래."

"아, 정말? 오바마 대통령이 먹었던 베트남 음식점 갔을 때 진짜 맛있었는데."

수년이 지난 여행지의 에피소드들이지만 흘러가는 일상에서 생각지도 못하게 등장해서 우리 부부에게 상큼한 대화 주제를 던져준다.

"나는 붉은 석양을 보면 그때, 경표 형네랑 보라카이에서 같이 봤던 석양이 생각나."

"호핑투어 중에 맥주 마시면서 봤던 석양…. 나 또 보고 싶다."

"그때 바다에 캔맥주 떨어져서 헐레벌떡 줍다가 물에 빠질 뻔했는데…. ㅎㅎ"

여행지에 머물렀던 시간은 짧았고, 그로부터 오랜 시간이 지났지만, 우리 부부가 여행하면서 함께 경험한 기억들은 10년 넘게 일상 곳곳에 대화 주제로 스며들며 결혼 생활을 마치 여행처럼 단장해 주고 있다. 그래서 우리 부부는 갓 결혼한 부부에게 여행을 많이 다니라고 적극 권장한다.

아이가 생기면 여행가는 게 어려운 부분도 있지만 더 중요한 것은 부부 사이의 에피소드가 풍성해지기 때문이다. 꼭 멀리 떠날 필요는 없다. 가까운 곳이라도 일상에서 벗어났을 때 느낄 수 있는 설렘과 긴장감이 매번 존재하기 때문이다. 그런 상황에서 부부가 함께 경험한 것들은 더 오래 더 생생하게 각인이 된다.

가끔 일상이 무료하게 느껴질 때 부부가 함께한 여행 경험들은 감미료처럼 등장해서 일상의 맛을 더욱 풍성하게 해줄 것이다.

오늘 여행 계획을 한번 세워보는 것은 어떨까?

같이 육아

아이들이 어리니까 멀리는 못 가지만 근처라도 여행이나 호캉스를 즐기려고 노력하는 편이다. 물건을 소유하는 느낌보다는 경험을 같이 공유하기 위해서인데, 경험을 같이 많이 공유할수록 대화 소재가 많아지고, 그것이 우리 가족에게 생길 다양한 위기의 순간에 큰 자산으로 작용할 거라는 믿음이 있다.

우리 부부가 과거 여행을 많이 다녔던 것은 부부 생활에도 확실히 도움이 되었다. 아이들에게 큰돈을 물려주기는 어려운 부분이 있겠지만, 경험 부자는 만들어줘야겠다고 생각하면서 살고 있다. 이것은 돈이 많다고 할 수 있는 것도 아니고 돈이 적다고 못하는 것도 아니니까.

무 취향이라
다행이야

"신랑~ 신랑은 왜 내가 하자는 대로 다 해?"

"응, 뭐가?"

"내가 먹자고 하는 메뉴는 거절한 적도 없고, 내가 보자고 하면 같이 TV도 보고 그러잖아."

"글쎄…, 나는 막 먹고 싶은 메뉴가 떠오르지도 않고, 그냥 웬만하면 다 좋던데?"

우리 부부는 종종 이런 주제로 대화를 나눴다. 한두 번 이런 대화가 나온 게 아니다 보니 자연스럽게 이 주제에 대해서 고민하게 될 수밖에 없었다. '선택을 어려워하는 병이 있다고 하던데, 나도 그런 쪽인건가?' 무엇을 결정해야 할지 모르는 사람들한테 흔히 '선택 장애'라는 표현을 쓰곤 한다. 좋은 표현은 아니지만 무척 흔히 쓰일 정도로 이런 고민이 있는 사람들이 많은 것 같다.

어렸을 때를 돌아보면, 초등학교를 한 살 일찍 들어갔고, 그래서 어머니가 더 하나하나 챙겨주는 일이 많았다. 자라면서도 스스로 뭔가 결정해야 하는 것들이 별로 없었다는 생각이 들었다. 성인이 되어서 메뉴를 정할 때도, 남들이 결정하는 거 따라 먹었고, 그래도 불만족했던 적은 별로 없었다. 어디 놀러 가는 것도 일단 따라가서 누구보다 잘 놀았던 타입으로, 자기주장이 거의 없고, 불만도 없이 사고 안 치는 전형적인 모범생 타입이었다.

너무 그렇게 살다 보니, 대학교 졸업 후 반항으로 방황하는 시간을 보냈지만, 한 차례 방황이 지나가고 나서는 다시 원래의 성향대로 주변의 선택에 곧 잘 순응하며 살았다. 근데 이게 '좋은 걸까? 나쁜 걸까?' 어떤 성격이든 좋은 부분이 있고, 안 좋은 부분이 생길 수밖에 없다. 중요한 것은 그런 성격의 좋은 부분을 최대한 활용해서 적재적소에 맞게 살면 되지 않을까? 하는 결론을 내렸다.

어느 날 뉴스 기사를 하나 보게 되었다. 유퀴즈에 나온 이혼 전문 변호사가 했던 말이 기사화되어서 나온 내용이었다.

『'이혼 전문 변호사' 박은주 '체감 이혼율 35%…무 취향 배우자 만나야'』 이런 제목이었다.

짧게 요약하자면, 현재 이혼이 급증하는 추세인데 이혼 안 할 확률을 높이려면 무 취향의 배우자를 만나야 한다는 내용이었다.

"지혜야! 이거 봐봐, 무 취향의 배우자를 만나야 이혼도 덜하고 덜 싸운대…. ㅎㅎ"

"……"

취향이 없는 것은 어찌 보면 재미없게 느껴질 수도 있다. 자기 주장이 없어서 매력이 떨어질 수도 있는 성정이다. 하지만 굳이 취향이 안 생기는데 억지로 취향을 만들 필요도 없다고 생각한다. 이런 내 취향에 대해서 아내 역시 크게 답답해하지 않았고, 상대적으로 취향이 분명한 아내와 부딪히는 부분이 덜하다 보니 정말 다행으로 느껴졌다.

우리 부부가 10년 넘게 부부싸움을 하지 않을 수 있었던 이유 중 하나가 이것이었다는 사실도 발견했다. 답답해 보일 수도 있는 나의 무 취향에 대해, 오히려 자신을 배려해 준다고 고맙게 받아들이는 아내와 웬만한 선택은 다 만족할 수 있다는 무취향 남편이 만나서 참 다행이라는 생각이 든다.

"그래도 자기 취향이 있어야지. 답답해서 어떻게 살아?" "혹시 취향이 없는 게 아니라. 억지로 참는 거 아냐?" 이런 이야기를 주변에서 종종 하는데, 이런 분들의 심정도 이해가 된다. 하지만 굳이 취향이 없는데, 있는 것처럼 행동하는 게 오히려 어색하고 불편한 사람도 분명히 있다. 마침 그게 나다.

세상에 무조건 좋고, 무조건 나쁜 건 없다고 생각한다. 하지만 사람들은 취향이 없으면 나쁜 거고, 자기주장이 분명해야 좋은 거라는 정답을 정하고서 남을 판단하기도 한다. 정답은 없다. 단지 지금 가족들과 행복하게 살아가는 데 도움이 되도록 나의 기질을 어떻게 활용할 것인가를 그저 고민할 뿐이다.

그리고 가만히 생각해 보면, 무 취향은 수많은 취향을 다 흡수할 수 있는 취향이기 때문에 모든 취향을 가진 것이나 마찬가지라서 몇 배로 더 다양하고 행복하게 살아갈 수 있다.

이 책을 보고 있는 독자님의 취향은 어느 쪽일까 문득 궁금해진다.

같이 육아

대학교 다닐 때 토론할 일이 있으면 무척 힘들어했던 기억이 있다. 반대편 이야기를 한참 듣다 보면 자연스럽게 고개가 끄덕거려지곤 했으니까…. 그런 내 모습을 보던 선배들은 주관이 확실하지 않으면 험한 세상 살아가는 데 불편함이 있을 거라고 조언해 주곤 했다. 그리고 나는 어떤 주관을 가져야 하나 고민을 한동안 했었다.

하지만 결론이 잘 나지 않았다. 상황에 따라 기준이 달라지는 모습을 보면서 어떻게 주관을 유지해야 하는 건지 몰라 고통스럽기도 했다. 여전히 잘 모르겠지만, 확실하지 않은 주관과 무취향을 긍정적으로 활용해서 행복하게 사는 데 써먹어 보려고 한다. 그런데… 그냥 쭉 이렇게 살아도 되지 않을까?

은밀한 술자리 즐기는 부부

'뭐야…, 벌써 밤 9시네. 집에 빨리 들어가야 하는데….' 술자리에 가는 일도 거의 없지만, 1년에 어쩌다 한 번 있는 술자리에서도 시간이 늦어지면 점점 핸드폰 시계를 확인하는 빈도가 더 빨라지기 시작한다.

"신랑~, 그냥 편하게 마시고 와." 아내는 편하게 술자리에서 오래 있다가 오라고 하는데, 그런데도 밤이 짙어지고 취하는 사람이 늘어나면 불안감도 늘었다. '밖에서 술도 많이 안 드시려고 하고,

엄청 가정적인 것 같아요.' '보기보다 술을 잘 못 드시나 봐요?' 이런 말을 들으면 얼굴이 화끈거리고 부끄러웠다. 왜냐면 술을 무척 잘 마시기 때문이다. 웬만큼 술을 잘 마신다고 하는 사람들하고 술을 마셔도 끝까지 버티는 편이고 취한 사람들 다 집에 챙겨 보내고 갈 정도니까….

나는 술을 싫어하지 않는다. 다만 술을 많이 마셔야 하는 분위기가 힘들다. 술을 잘 마시다 보니, 거절하지 않고 다 마시는데 그러면 다음 날 컨디션이 엉망이 되니까, 술을 많이 마실 것 같은 자리는 계속 피하게 되었다.

술을 너무 마시고 늦게 들어오면, 아이들 잠드는 모습도 못 보고, 취해서 혹시나 실수할지 걱정되는 부분도 있다. 특히 코로나 팬데믹 기간에는 어린 두 아들을 아내와 같이 챙겨야 한다는 이유로 이런저런 술자리를 계속 거절하다 보니 자연스럽게 술 먹자고 권하는 사람도 줄었다. 그래서 지금은 밖에서 하는 술자리가 1년에 한두 번 있을까 말까이다.

그렇다고 술을 마시지 않는 건 아니다. 아이들이 잠들면 아내와 함께 집에서 와인을 마시거나 가족 여행 가서 숙소에서 캔맥주를 마시거나 한다. 우리 둘은 술을 싫어하지는 않지만, 취할 때까지 많이 먹는 것을 좋아하지 않아서 주량을 조절하며 마실 수 있는 상황에서만 술을 마신다.

"윤재가 요즘 좋아하는 친구가 생긴 것 같아~"
"윤호가 오늘 어린이집에서 울고 있는 친구를 토닥거리면서 달래줬대~"

잊고 지나갔을 이야기도 술잔을 마주하고 앉은 덕분에 더 깊이 나누게 된다. 평소에 말이 많지 않은 부부지만 술이 들어가면 꽤 수다스러워진다.

"지금까지 했던 영상 제작 방식에서 좀 더 확장해야 할 것 같아~"
"아마존에 출간했던 이력이 있으니 그 서비스를 같이 판매해 보자~"

함께 사업하다 보니 자연스럽게 심도 있는 비즈니스 대화가 오간다. 할까 말까 망설였던 말도 하게 되면서 진솔한 서로의 생각도 알게 된다.

"우리 건강 생각해서 술은 지금보다 자제하긴 해야 해."

"그래도 우리 아가들 이야기하면서 감사한 순간들 나눌 수 있어서 좋다."

술을 마시면서도 꼭 술을 줄이자는 이야기는 매번 등장한다. 그리고 마무리는 언제나 감사한 일상과 우리 부부에게 찾아온 두 아들에 대한 고마움으로 끝맺는다. 내가 마시고 싶은 만큼만 편하게 마시고, 즐거운 주제로 대화를 나눌 수 있는 술자리가 있다는 것은 꽤나 큰 축복이다. 다행히 멀지 않은 곳에서 우리 부부는 그런 술자리를 만들고 있다. 그래도 건강을 위해 확실히 술은 좀 줄이긴 해야겠다.

같이 육아

어릴 때 늦은 밤, 취하신 아버지가 직장 동료분들을 데리고 집에 와서 한 잔 더 하셨던 모습이 기억에 남아있다. 나는 방에 들어가 있었기 때문에 그 자체로 큰 불편함을 느꼈던 것은 아니었지만, 그런 일이 있으면 아버지와 어머니가 소소한 다툼을 하는 원인이 되다 보니 점점 더 그 상황이 불편해졌던 것 같다. 술은 나에게 잘 맞는 기호식품이지만 동시에 불편함도 같이 주는 그런 대상이다. 아마 윤재와 윤호도 성인이 되면 술을 마실 텐데 술 때문에 불편했던 기억을 최대한 남기게 하고 싶지 않다.

다이아몬드와도 바꿀 수 없는
큐빅 반지

"신랑, 그냥 다이아로 같이 맞추자~"

"알잖아~ 나 뭐든 잘 잃어버리는 거. 나는 그냥 큐빅으로 할게."

사회생활이 자리 잡기는커녕, 새롭게 영업 일을 배워가며 이리저리 고군분투하고 있던 새신랑에게 다이아몬드 반지는 사치라고 생각했다. 인생에 한 번 있는 결혼식이니 그러지 말라고 아내는 말렸지만, 큐빅 반지 끼고 다니는 게 마음이 편할 것 같던 나는 한 발짝도 물러서지 않았다. 실제로 나는 귀중품이든 뭐든 안 가리고 평소에 잘 잃어버렸다. 결혼한 친구들 이야기를 들어도 결혼반지는 거의 금방 잃어버려서 안 끼고 다니는 경우가 많다고 했다.

아무리 생각해도 다이아몬드 반지를 잘 관리할 것 같지는 않아서 아내는 다이아몬드 반지를 맞추고, 나는 같은 모양으로 큐빅 반지를 맞췄다. 아이러니하게도 11년 넘게 반지를 아예 빼지 않다 보니 그 큐빅 반지를 잃어버리지 않고 잘 지키고 있다.

"지금이라도 다이아로 바꾸는 게 어때?" 결혼할 때, 제대로 나를 설득하지 못한 것에 아쉬움이 남는지 10년이 넘은 지금도 아내는 종종 큐빅을 다이아로 바꾸자고 말하곤 한다. 사실 결혼할 때는 돈 한 푼이라도 절약해서 진짜 필요한 곳에 써야겠다는 생각이 강했기 때문에 다이아몬드 반지에 대해서는 전혀 미련이 없었다. 하지만 시간이 지나면서 그때보다 여유가 생기니 '지금이라도 바꿔야 할까?' 하는 생각이 가끔 들기도 했다.

하지만 10년 넘게 한 몸처럼 있었던 큐빅 반지를 바라보면, 이제는 정들어서 떠나보내지 못하겠다는 생각이 든다.

"지혜야, 근데 나 그때 나만 큐빅 반지로 맞추고 나서 집에 와서 혼자 엉엉 울었어."

"그러니까~ 그렇게 서러운데 왜 안 바꿔!"

"아니, 다이아 반지를 못 가져서가 아니라, 큐빅이 꼭 나 같은 거야."

"그게 무슨 말이야?"

"나는 일찍부터 모범생으로 사는 법을 터득해서 주변 사람한테 칭찬을 끌어내는 것에 능숙했잖아. 공부 열심히 하다가 코피 나면 주변에서 더 걱정해 주고, 성적이 조금이라도 오르면 선물이 생기고, 운 좋게 좋은 대학까지 가니까 잔치까지 벌이고…. 그때까지만 해도 나는 참 빛나는 인생이라 생각했어."

"그런데?"

"그런데, 사실 그게 겉으로만 빛나는 척하는 거였던 거지. 속으로는 내가 진짜 좋아하는 게 무엇인지도 모르고, 남들이 칭찬하면 내가 잘살고 있나 보다 착각하면서 말이야."

"신랑~ 그런데 그렇게 사는 것도 쉽지 않은 거 알잖아."

"맞아! 근데 나는 그게 진짜 빛나는 거라고 완전히 착각하고 살았으니까. 그래서 그 길만을 보고 그냥 달려왔는데. 대학교 졸업하고 나니 내가 얼마나 속 빈 강정인지 알겠더라고…. 그런데 결혼반지에 박힌 큐빅이 햇빛에 반짝거리면서 다이아몬드인 척하는 게 꼭 나 같은 거야."

큐빅은 큐빅, 그 자체로도 충분히 인정받을 수 있다. 그런데 다이아몬드처럼 보이고 싶어 할 때부터 초라해지는 것 같다. 나도 다이아몬드가 되어야 한다는 강박 때문에 열심히 살았지만, 막상 성인이 되어서 마주하는 현실은 녹록지 않았다. 그래서 다이아몬드인 척 애썼던 모습을 내려놓고, 처음부터 다시 사회를 배우고, 사업을 배우고, 하나씩 깨지면서 성장하는 선택을 했다.

그 과정에서 여러 가지 사업체도 운영해 보고, 책도 여러 권 쓰고, 육아도 주도적으로 참여할 수 있게 되었다. 처음부터 다시 성장하는 과정에서 나의 큐빅 결혼반지는 모든 우여곡절을 함께 했다. 그런 여정을 함께한 반지이다 보니 절대로 다른 반지로 바꾸고 싶지 않았다.

"누가 다이아몬드 반지를 그냥 준다고 해도, 이 반지랑 바꾸지 않을 거야. 이 큐빅은 나한테는 다이아 보다 더 빛나는 큐빅이거든."

조금 더 빛나 보이는 삶을 동경하고 내 안의 진짜 빛을 바라보지 못하는 느낌이 들 때, 이 큐빅 반지는 항상 말해준다. 지금 이대로도 충분히 빛나고 있다고…. 애써 더 빛나지 않아도 괜찮다고…. 그래서 나는 큐빅 반지를 끼고, 다이아몬드 반지라고 거짓 말하지 않았다. 그리고 어떤 다이아몬드와도 바꿀 수 없는 큐빅 반지라고 항상 당당하게 말하고 있다.

같이 육아

술도 오래된 술이 좋고, 친구도 오래된 친구가 좋다는 말이 있다. 경험해 보니 무조건 오래되었다고 다 좋은 친구가 되는 것은 아니었다. 우여곡절을 겪는 긴 시간 동안 변치 않고 함께 할 때 진정 좋은 관계로 발전하게 되는 것 같다. 그리고 서로에 게 솔직하지 않으면 절대 그런 관계가 될 수 없다. 괜찮은 척하 고 배려한다고 참다 보면 결국 폭발하게 되는 순간이 오고, 그 것이 관계를 망치게 된다.

인간관계뿐 아니라 자기 내면과의 관계에서도 마찬가지이 다. 나 자신에게도 솔직할 줄 알아야 한다. 나의 부족한 모습은 부족한 대로 인정해 주고, 잘하는 모습은 잘하는 대로 인정해

줄 필요가 있다. 내가 나의 어둠을 품어주어야, 진짜 나의 빛을

제대로 밝히는 환경이 만들어진다.

아마존을 탐험하는 부부

"신랑! 이제 인공지능이 책도 금방 다 만들어줘. ㅎㅎ"

"참 세상 좋아졌어. 옛날에는 책 한 권 만들려면 몇 달이 걸렸는데…."

아내는 첫째를 출산하고 나서 깊은 고민 끝에 퇴사했다. 그때 이런저런 사업 아이템을 찾다가 같이 도전하게 되었던 게 바로 아마존 출간이었다.

"지혜야, 해외 시장이 우리나라보다 훨씬 더 크니까 아마존에서 책을 출간하는 쪽으로 시도해 보면 좋겠거든. 너는 어떤 주제로 만들면 가장 편할 것 같아?"

"이제 막 윤재가 태어났으니까, 육아 관련된 쪽으로 책 기획하기가 편할 것 같아."

"그래 그러면, 지금 아이 키우면서 필요한 내용들을 기획해서 아마존에 출간해 보자."

아내는 아이의 배변 습관, 아이 젖 먹이는 방법 등과 관련된 책을 하나씩 짧게 기획해서 영어로 아마존에 출간하기 시작했다. 영어 문화권에서 읽어도 이해가 잘되도록 해외 프리랜서를 고용해서 윤문하는 작업까지 진행했다. 그렇게 한 권 두 권 책을 내다보니 점점 다양한 출간 아이디어가 떠오르기 시작했다.

"신랑! 한글로 글쓰기 하는 책도 만들면 좋을 것 같아. 우리 아이들이 쓸 수도 있고, K-POP 인기 때문에 한글 공부하는 사람들도 점점 늘어나니까."

"오, 진짜 괜찮은 아이디언데? 나도 좀 더 찾아볼게."

그래서 인스타그램에서 한글 공부와 관련된 내용들을 검색해서 찾아보니, 외국인들이 한글 공부를 열심히 하는 게시물이 꽤 많이 보였다.

"지혜야, 이거 될 것 같아. 책 만들기도 생각보다 쉬울 것 같고."
"그래. 그럼 내가 한번 하나씩 만들어 볼게."
"'CANVA'라는 프로그램으로 만들면 쉽게 만들 수 있을 것 같으니까 그걸로 한번 시도해 봐."

그렇게 아이디어를 확장해 가다 보니 현재는 '한글 쓰기' 말고도 스도쿠 퀴즈 책이나 동화책도 만들어서 올리게 되었다. 지금은 인공지능 덕분에 컬러링 북도 쉽게 만들 수 있다.

아내는 아마존 출간과 마케팅 관련된 강의를 해외에서 계속 찾아 듣고 좋은 아이디어가 떠오르면 어떤 책이든 만들어서 아마존에 출간할 수 있는 실력을 갖추게 되었다. 덕분에 아내는 아마존 출간 강의와 워크숍 진행도 여러 차례 했고, 국내 유명 저자들의 책을 아마존에 출간하는 데 도움을 드리며 포트폴리오도 쌓게 되었다.

"오늘도 아마존 책이 몇 권 팔렸네! 오늘은 킨들로 100페이지

정도 읽은 사람도 있어!" 아내는 책이 잘 판매되거나 수익으로 연결되는 이벤트가 있으면 신나서 자랑한다. 아마존 출간이 좋은 점은 책 판매로 돈을 버는 것도 있지만, 아마존 킨들 서비스로 무제한 책 읽기 하는 고객들이 몇 페이지를 읽었느냐에 따라 수익이 발생하기도 한다는 것이다. 전자책을 읽는 인구가 늘어나는 중인데 이런 부분에 대해서 보상을 체계적으로 해주는 게 무척 합리적이라고 느껴졌다.

"지혜야, 우리 2018년에 처음 아마존 출간 시도해 보자고 할 때, 딱 '1,000권만 만들면 아무 일도 안 해도 될 텐데.'라고 말했는데 벌써 6년이 흘러버렸어."

"일단 최대한 빨리 100권부터 채워보자. 인공지능 덕분에 금방 채울 수 있을 것 같아."

"처음 이 사업 시작할 때 인공지능이 있었으면 지금보다 더 많이 만들었을까?"

"글쎄, 왠지 별 차이 안 났을 것 같은데, 우리 성격에…. 지금보다 더 게으르게 했을지도 모르지. ㅎㅎ"

"그랬겠지? 생각해 보면 그때 삽질하면서 안 되는 거 하나씩 해결해 본 덕분에 기업들이 아마존 출간하는 것도 체계적으로 도와줄 수 있었고, 해외 프리랜서분들이랑 네트워크도 형성되었으니, 오히려 다행인 거 같네."

1,000권을 아마존에 출간하면 자유롭게 살자고 몇 년 전에 세 웠던 목표는 여전히 요원한 게 사실이다. 하지만 그때 이 아이템 을 붙잡고 끝까지 놓지 않고 하나씩 문제를 해결해 왔던 시간 덕 분에 인공지능 툴이 발전하고 있는 요즘 그런 툴을 남들보다 더 다양하게 테스트해 볼 수 있는 실력이 자연스럽게 생겼다.

"솔직히 신랑이 1,000권 목표로 잡았을 때, 불가능이라 생각했 는데 요즘 같은 시대면 불가능도 아닌 것 같아."

"무조건 할 수 있지! 영상 만드는 본업에 일단 집중하면서 틈틈 이 한 권씩 만들어 보자. 어제 인스타그램에 글씨 쓰기 릴스 영상 올린 건 좀 어때?"

"확실히 윤재 손으로 글씨 쓴 영상이 더 조회수가 높더라고. 윤 재를 고용해야겠어. ㅎㅎ"

아내와 나는 각자의 본업이 있는 가운데서 아마존 출간이라는 공동 부업을 추가해서 다른 파이프라인을 늘려가 보고 있다. 속도가 빠르지는 않지만, 목표를 달성했을 미래를 그리면서 우리는 오늘도 아마존을 탐험하고 있다.

같이 육아

부부에게 각자의 본업이 있어도 함께 부업을 하면서 같이 문제를 해결해 나갈 수 있는 영역이 있다는 것은 생각보다 즐거운 일이 될 수 있다. 육아하면서도 해결해야 할 일이 많은데, 굳이 부업까지 같이 하면서 서로 피곤하게 할 필요가 있을까? 싶은 분도 계실 것이다. 하지만 육아 이야기만 나누는 것으로는 대화 주제가 한정되기 때문에 부업을 같이하면서 돈 버는 이야기도 함께하면 대화 주제가 훨씬 풍성해진다.

그 와중에 특히 좋은 부분이 있다. 같이 부업을 하다 보면 멋진 고객을 만날 때도 있고, 진상 고객을 만날 때도 있다. 마음 맞는 파트너를 만날 때도 있고, 빌런 같은 파트너를 만날 때도 있다. 그러면 자연스럽게 부부에게는 공동의 적이 생기기 마련이다. 부부는 한편이 된 느낌을 더 자주 갖게 되고, 그래서 그 덕분에 부부 사이가 더 끈끈해지는 부분도 있었다. 이처럼 부부가 부업 하나쯤 같이 키워가다 보면, 단조로운 일상에 풍성한 대화 주제를 분명히 던져줄 것이다.

역대급 위기에서 만난
거대한 존재

"지혜야, 이제 우리도 건물주 되는 건가?"

"근데 좀 급하게 결정한 것 같은데 괜찮을까?"

"본인이랑 본인 가족들도 투자한다잖아. 가족들도 하는데 이상한데 투자하겠어?"

말이 씨가 되는 순간이었다. 오랜 시간 다양한 사람을 만나고 다양한 일들을 겪으면서 한참 열심히 사업으로 돈을 벌었다. 돈은 좀 덜 벌어도 좋으니, 사람만 덜 만났으면 좋겠다고 생각하던 차에 지인의 권유로 부동산 투자를 결정하게 되었다. 아내는 걱정을 많이 했지만, 이제 우리도 부동산으로 돈 벌 타이밍이 된 것 같다고 아내를 안심시켰다.

"지혜야, 네가 나보다는 부동산에 관심도 많고, 공부하는 것도 좋아하니까 앞으로 계속 부동산으로 돈을 벌어보자."

"나야 뭐 공부는 계속하고 있지만, 상가부터 하는 게 맞는지 모르겠네."

"올해 세금을 많이 내서 대출이 좋은 조건으로 나와서 이 정도 투자할 수 있는 거니까, 레버리지 활용하려면 지금 하는 게 맞는 것 같아."

과거 나의 멘토는 자주 이런 말씀을 하셨다. "아내 말만 귀담아 잘 들으면, 네가 망할 일은 없을 거야."라고. 그 말씀을 마음속에 꼭꼭 새겨두고 있었지만, 혹하는 조건들에 눈이 멀어서 무리한 투자가 시작되었고, 그것이 인생 최대 위기를 가져올지는 꿈에도 몰랐다.

"지혜야, 담당자한테 연락이 잘되지 않네. 세입자도 안 들어오고, 공사도 덜 마무리 된 것 같아."

"그 친구는 뭐라 그래?"

"아, 연락도 잘 안되고. 기다려 보라는 말만 해."

투자를 추천했던 지인은 자신이 좋은 조건의 상가를 가져가면서 나와 다른 형에게는 그보다 떨어지는 조건의 상가를 떠안게 했다는 사실을 뒤늦게 알게 되었다.

"야! 지혜는 둘째 임신하고 있고, 스트레스도 받으면 안 되잖아. 어떻게 좀 해봐."

"일단 기다려 그냥."

뚜뚜뚜…

그때까지 아무리 후회하는 선택을 해도, 누군가를 미워해도 어차피 다 나로 인해 비롯되었다고 믿고 내 책임이라 생각하고 문제를 해결하면서 살아왔었다.

그 순간만큼은 그런 생각이 잘 들지 않았다. 누굴 미워하지도 않는 성격인데, 누군가에게 종일 저주를 퍼부을 수 있다는 사실도 새삼 알게 되었다.

"신랑! 그래봤자, 우리만 스트레스지. 어떻게든 해결해 보자."

"알았어. 내가 좀 더 잘 수습해 볼게."

쫓기듯이 문제를 수습하면 악수를 두게 된다. 그 와중에 몇 번의 악수를 더 두고 있는 내 모습을 보게 되었다. '남들한테 조급하지 말라고 말하고 다녔는데, 내 꼴이 지금 딱 그 모습이네.' 과거에도 아내와 가끔 성경을 기반으로 대화를 나눌 때가 있었는데 어려움에 부닥치니 자연스럽게 성경을 갖고 대화를 더 자주 하게 되었다.

"신랑~, 분명 이유가 있어서 하늘이 이런 시련을 주셨을 텐데…, 우리가 힘들어만 하는 것은 그분이 원하는 모습은 아닐 거야."

"내가 너무 편하게 살려고만 하니까, 긴장감을 주려고 이런 이벤트를 선물로 주신 것 같아."

"그래, 그럼 같이 또 하나씩 해결해 가보자."

작은 일보다는 큰일이 있을 때, 아내는 오히려 더 대범해지는 것 같았다. 나를 희생하더라도 아내와 가족을 지켜야 한다는 강박 아닌 강박이 오랜 시간 있었는데, 힘든 시기를 거치면서 아내에게 조금 더 기대고, 속 이야기를 털어놓는 계기가 되었다. 그뿐만이 아니었다. 이 시기를 겪으면서 나를 속이고 이용하려는 사람도 많지만 진짜 우리 가족을 응원해 주고 도와주는 은인도 많다는 사실을 하나하나 경험할 수 있었다. 같은 핏줄이 아닌데도 이렇게 발 벗고 나서서 도와줄 수 있는 걸까? 싶을 정도로 주변에 계신 분들의 큰 도움을 받았다.

"지혜야, 나는 이분들한테 평생 은혜 갚고 살 거야. 지금까지 내가 쌓아온 것들을 이분들이 잘 되는 것을 위해서 쓰다가 갈 거야."
"그래. 은혜 갚아야지. 나도 같이 노력할게."

아내와 나는 더 큰 쓰임을 위해서 큰 시련을 선물로 받았다고 믿었다. 우리 가족이 얼마나 사랑받고 있는지 깨닫게 되었고, 무엇을 경계해야 하는지, 우리가 어떤 방식으로 돈을 버는 게 잘 맞는지 섬세하게 파악하는 시간도 되었다.

여전히 문제는 다 해결되지 않았고 가끔 파생된 문제들로 번거로운 일들이 생기고 있지만, 딱 그만큼의 일을 해결할 수 있는 뜻밖의 기회들도 매번 같이 찾아왔다. 그때마다 우리 부부는 식탁에 마주 앉아서 이렇게 말하곤 한다. "우리 같이 성장하라고 또 미션을 주셨네. 우리는 그 분께 사랑받고 있는 게 분명해."

같이 육아

    나는 무척 조심스러운 성격이라 생각했다. 그리고 평소에 사람 말을 잘 믿으니까, 의식적으로 한 번 더 의심하고 검증하려고 스스로 다짐을 했다.

    그런데도 예상을 빗나가는 경험은 계속 생긴다. 그러다 보면 주도적인 선택을 하는 게 두려워지고 주저하게 되기도 한다. 하지만 앞으로 나아가려면 또 새로운 선택을 해야 한다. 그때, 용기를 주는 건 가족과 친구들의 응원, 그리고 신의 존재이다.

    멈추고 싶고, 피하고 싶은 순간이 올 때면, 또 신이 나에게 당신을 인지할 기회를 주셨다고 믿으며 또 한 발 내디딜 용기를 내본다.

너와 나의
댄스 연결고리

"어머, 부부끼리 같이 춤추러 오신 거예요?"
"아 네, 저희 둘 다 춤을 좋아해서요. ㅎㅎ"

결혼하고도 가끔 K-POP 댄스를 배우러 댄스 학원에 같이 가면 부부가 같이 오는 것을 신기하게 바라보는 분이 많았다. "저희가 원래 춤 동아리에서 처음 만났거든요." 자초지종을 설명하다 보면, 우리 부부가 처음 만나고 사귀게 된 대학교 1학년 시절 이야기까지 거슬러 올라간다.

둘 다 고등학교 때까지 철저히 모범생으로 살면서 공부에 집중했지만, 동시에 억눌린 끼를 춤으로 풀어냈던 공통점이 있다. 대학교에 들어와서도 취미를 계속 살리려고 춤 동아리에 들어갔는데 그 안에서 각자 열정적으로 활동을 하다가 친해지게 되었다. "쟤네 둘이 뭔가 있는 거 같은데?" 하며 선배들은 동아리 일을 함께하는 우리 둘을 보면 항상 분위기를 그런 식으로 몰고 갔다. "저희 그냥 일하는 건데요!"

처음에는 정말 각자 열심히 동아리 일을 맡아서 하고 있었다. 그런데 공연 준비를 하다 보니 거의 매일 춤을 추고, 늦게까지 남아서 뒷정리하고 힘든 이야기를 나누게 되며 자연스럽게 좋은 감정이 싹트게 되었다.

그러다 2001년 5월 17일 춤 동아리 공연 날, 처음 사귀기로 하고 둘의 첫 연애가 시작되었다. 고등학교를 갓 졸업하고, 대학 신입생으로 처음 만나서 사귀게 된 인연이 계속 이어져서 40이 갓 넘은 지금 시점에 인생의 절반 이상을 함께하는 사이가 될 줄은 꿈에도 몰랐다.

이후 대학을 졸업하고, 각자의 일을 찾고, 결혼도 하게 되면서 춤은 우리 부부에게서 자연스럽게 멀어져 갔다. 그래도 가끔 TV에 아이돌이 나와서 춤을 추면 같이 춤을 평가하기도 하고, 소심하게 리듬을 타보기도 하면서 기분을 내기도 했다. 그러다가 조금 더 적극적으로 춤추던 취미를 살려야겠다고 마음먹은 것은 두 아들들 덕분이다. 아기 때부터 두 아들은 노래가 나오면 곧 잘 춤을 추곤 했다.

'춤추라, 아무도 쳐다보지 않는 것처럼!'이라는 말을 현실에서 충실하게 실천하는 두 아들을 보면서 우리 부부도 조금 더 용기를 낼 수 있었다.

아내와 나는 춤 공연만 수백 번을 넘게 했다. 하지만 매번 잔뜩 긴장하고, 온전히 춤을 즐겼던 시간은 몇 번 되지 못했던 것 같다. 왜냐하면, 우릴 쳐다보는 사람들의 시선을 항상 의식하고, 혹시나 동작이 틀릴까 긴장했기 때문이다. 정말 자유롭게 춤춘다는 것은 어떤 것일까?

과거에 춤을 추면서도 자주 이런 의문을 가지고, 그 단계에 도달하기 위해 깊은 고민을 했었다. 그런데 노래가 나오면, 누구의 시선도 신경 쓰지 않고, 자기 느낌대로 춤을 표현하는 아이들을 보면서 '자유로운 춤이란 바로 저것이겠구나' 하는 생각을 하게 되었다. 그래서 아이들이 그렇게 춤을 추고 있을 때는 우리 부부도 같이 동참해서 몰입하여 춤을 추게 되었다.

내가 아이들과 춤을 춘다고 하면, 보통 내가 아이들에게 춤을 가르친다고 생각하는 경우가 많은데, 처음에는 이런 동작, 저런 동작 있다고 알려주는 시간을 가지기도 했지만, 음악이 나오면 어떤 동작에도 얽매이지 않고 자유롭게 춤추는 아이들의 춤이 더 멋져서 오히려 내가 영감을 받는다.

"지혜야, 그래도 우리가 춤을 췄던 사람들이라 다행이야. 아이들이랑 이렇게 같이 춤도 추고…."
"나는 막춤 추는 게 이렇게 재밌는 줄 옛날에는 몰랐네. 더 생각 없이 마음껏 출걸 그랬어."

20년 전에 춤은 우리 부부를 연결해 주었다. 그리고 지금은 두 아들과 춤을 추면서 우리 가족은 연결감을 느끼곤 한다. 덕분에 보기에 멋진 동작만 춤이라는 강박에서 벗어나야 진짜 춤을 즐길 수 있다는 사실을 배우고 있다. 혹시나 길을 가는데, 어린 아들 둘과 엄마 아빠가 이상한 춤을 추고 있다면 한번 유심히 살펴보시라. 우리 가족일지도 모르니까….

같이 육아

살다 보니, 음악이 나오면 자연스럽게 춤을 추는 사람과 그 모습을 동경하며 바라보는 사람 두 부류로 나뉘는 것을 알게 되었다. 그 둘 사이에는 엄청난 차이는 없는데, 양쪽의 이야기를 들어보면 넘을 수 없는 벽 같은 게 존재했다.

"음악이 나오는데 왜 춤을 안 춰?","어떻게 아무렇지도 않게 음악에 춤을 출 수 있죠?" 이렇게 양분된 반응을 보인다. 사실 문명이 시작되기 전부터 춤은 일상적인 것으로 묘사되고 있는데, 현대에 와서는 오히려 특별한 사람만 추는 게 춤처럼 변질되고 있는 느낌이다. 남의 시선이 불편해서 춤을 못 춘다고 하는 분들도 있다. 남의 시선으로부터 자유로워진 다음에 춤을 추는 게 아니라 춤을 추다 보면 남의 시선은 신경 쓰지 않게 되는 것 같다는 생각이 든다. 특히 아이들은 남의 시선을 의식하지 않기 때문에 그들처럼 한다면 훨씬 더 춤 연습이 쉬워질 것이다.

같이 육아의
마지막 퍼즐, 결핍

"신랑~ 어린이집에서 연락이 왔는데 윤호가 갑자기 열이 난다고
하네."

"아, 정말? 빨리 들어가자."

집 근처에 있는 사무실에 있다가 아이가 아프다는 연락을 받으
면 우리는 부랴부랴 짐을 싸서 아이한테 가곤 한다. 아내와 나는
같은 사무실에서 일한다. 사무실은 걸어서 30분 정도 걸리고 버
스를 타면 15분 정도 걸린다. 너무 춥거나 뜨거운 날이 아니면 산

책 겸 걸어가기 딱 좋은 거리이다.

"태순아, 우리 동네 와서 술 한잔해. 내가 살게." "아, 정말 고마운데. 어린 아들 둘을 같이 좀 챙겨야 해서. 낮에 점심 같이 먹자." 주변에 마음 편하게 맡길 수 있는 곳에 아이를 좀 맡기고 아이를 덜 보는 게 어떠냐며 조언하는 분도 계셨다. 사실 마음 놓고 아이를 편하게 어딘가에 맡길 수 있는 상황은 아니다. 장인 장모님은 미국으로 이민 가신 지 20년이 되셨다. 나의 부모님은 부산에 계시다가 현재는 충주에서 살고 계시다. 일단 할머니, 할아버지 찬스를 쓸 수 있는 상황은 아니다.

물론 그런 찬스를 쓸 수 있다고 편하기만 하지는 않겠지만 갑자기 급한 일이 생겼을 때 부탁할 곳이 없다는 게 처음에는 좀 불안했다.

지금은 아이들도 더 컸고, 이렇게 사는 것에 익숙해졌지만, 둘째가 태어나고 코로나 팬데믹을 거치면서 우리 부부는 항상 정신 없이 하루를 보내곤 했다. 마침 이러한 육아 환경이 조성된 김에 우리의 사업 방식을 100% 자유도를 확보할 수 있는 방식으로만 발전시켜 보기로 아내와 의기투합했다.

불필요한 오프라인 미팅을 없애고 필요하면 줌 미팅만 하면서 온라인 콘텐츠 판매 위주로 돈을 벌어야 우리가 원하는 육아 라이

프를 고수할 수 있을 거 같았다. 그래서 이 책에서 언급했던 몇 개의 사업 아이템을 그런 환경에 맞춰 발전시킬 수 있었다.

주말에는 자녀를 할머니, 할아버지에게 맡기고 신작 영화를 보러 가거나 하는 다른 부부의 이야기를 들으면서 부러울 때도 있었다. 하지만 두 아들이 제법 커서 이제는 어린이 영화도 같이 보러 가고, 공연도 같이 보러 갈 수 있는 상황이 되다 보니 그런 부분에 대한 아쉬움도 점점 해소되어 갔다.

오래전부터 해왔던 일이, 사업가가 더 오래 더 행복하게 돈을 벌 수 있도록 코칭하는 일이었다. 10년째 그 일을 하다 보니 육아를 적극적으로 하면서 자기 사업을 하는 분들도 꽤 많이 만날 수 있었다. 그리고 그게 얼마나 대단한 일인지 잘 알고 있다.

나와 아내 둘 다 사업하면서 육아하다 보니 서로 적극적으로 협업하지 않으면 안 되었다. 두 마리 토끼를 쫓다가 둘 다 놓치는 경우들도 많이 보았기 때문에 걱정도 되었다. 주변에 아이들을 편하게 맡길 수 있는 환경도 아니고, 그런 환경을 쉽게 바꿀 수 있는 게 아니지 않은가. 바꿀 수 없는 환경 탓만 하면서 아쉬워하면, 스트레스만 받고 우리 둘의 정신건강만 나빠진다. 그래서 우리 부부는 서로가 육아와 사업 둘 다 놓치고 싶지 않은 부분에 대해 존중하고, 서로가 부족한 부분을 잘 지원하며 조금씩 양보하는 선택을 하면서 여기까지 오게 되었다.

"지혜야, 아이들 보고 있을 테니까. 엄마들이랑 놀다가 와~"
"신랑, 아이들 보고 있을 테니 한의원 가서 뜸 뜨고 와~"

에너지 넘치는 아들 둘을 돌보다 보면 자연스럽게 지치는 경우가 생긴다. 그 와중에 상대방이 유달리 많이 지쳐 보이면 미리 이런 말들을 꺼낸다. 둘 다 최선을 다해 살고 있다는 사실을 24시간 목격하다 보니 먼저 상대를 배려해서 이런 이야기를 하게 되었다. 아무리 힘들어도 자기가 먼저 힘들다고 생색내는 것은 마음이 불편하지 않은가. 그런데 서로 먼저 알아봐 주고 배려하는 말을 꺼내다 보니 큰 다툼없이 사업과 육아를 수년간 잘 유지하고 있는 것 같다.

부족한 것을 생각하면, 끝도 없이 비참해지는 게 인간이다. 자신이 남들보다 얼마나 불행한지 끊임없이 비교하게 된다. 이는 한 번만 생각의 방향을 그렇게 잡아도 계속 그 방향으로 생각의 관성이 생기는 것이다. 살다 보면 부족한 게 분명 존재하지만, 그 덕분에 반대급부로 얻을 수 있는 것을 찾아보면 분명 발견할 수 있는 것도 있다. 우리 부부가 같이 육아하면서 한 번도 크게 다투지 않고, 즐겁게 돈을 벌 수 있는 이유는 함께 그런 것들을 찾으려고 노력하기 때문인 것 같다.

거의 매일 우리 부부가 얼마나 많은 것을 가졌는지, 우리가 얼마나 행복한 가족인지 이야기 나누고, 아이들의 사진을 보면서 감동하는 시간을 갖는다. 만약 우리가 부족함 없이 풍족한 환경이었다면, 가진 것을 굳이 찾아내서 감사할 일을 만들지 않았을 것이다. 적당히 부족하고, 적당히 문제들이 존재하기 때문에 우리 부부는 합심해서 감사할 일을 찾아낼 수 있었다.

물론 말처럼 쉽지만은 않다. 세상의 수많은 자기계발서들이 이렇게만 하면 행복해질 수 있다고 말하고 있다. 오랜 시간에 걸쳐 다양한 사람들로 인해 검증된 방식인데 이 선택을 하지 않을 이유가 없다.

지금 환경이 마음에 안들고, 부족한 것들 때문에 속상한가? 우리도 매번 부족한 게 먼저 눈에 띄었다. 지금은 너무 행복하게 사는 누군가의 시작도 아마 그랬을 것이다. 가진 게 없고, 불공평하다는 생각에 사로잡혀 있다면, 굳이 지금 가진 것을 딱 한 개만 찾아보자. 그리고 굳이 그것 덕분에 감사한 부분을 발견해 보자. 딱 한 개만 찾고 그것을 매일 반복해야 무의식에 박히게 되는 것 같다.

부부가 함께하면 더 좋다. 우리 부부의 사업과 같이 육아를 지켜주는 매우 소중한 리츄얼이다.

같이 육아

첫째가 태어나기 전에 나는 오프라인에서 강의를 정기적으로 하던 사람이었다. 미팅도 많이 했었다. 나중에 아이가 태어나면 최대한 오프라인 활동 없이 수익을 만들어야겠다고 생각하면서 온라인에 콘텐츠를 계속 쌓기 시작했었다. 그러다가 코로나 팬데믹을 만나고 둘째가 생기면서 본격적으로 오프라인 활동을 제로(0)로 만들었다. 아내의 사업을 오프라인 활동 없이 돌아가게 세팅하는 것도 코로나를 비롯한 여러 환경적인 제약들이 맞아떨어져서 적극적으로 밀어붙일 수 있었다.

살다 보면 매번 유리한 상황에 놓일 수만은 없다. 그 상황에서 누군가는 성장의 기회를 보고, 누군가는 상황에 휩쓸려 성장을 멈추기도 한다. 결핍이 있는 상황에서 100% 긍정적으로 보는 선택을 하기란 너무 어려운 일이다. 하지만 49%의 부정에 51%의 긍정 선택만 해도 성장할 여지가 생긴다. 대단한 차이가 아닌 1~2%의 차이를 가지고 우리 부부는 새로운 승부를 걸어 보고 있다.

부부 성향이 다를수록
오히려 좋은 이유

"신랑, 나는 조금 더 고민해 보면 좋겠는데…."
"그래? 근데 친구가 기한이 별로 없다고 해서…."
"그래요. 그러면 한번 해봐요."

나는 사람 말을 잘 믿는 편이다. 특히 알고 지낸 지 오래된 사람의 말은 더욱 잘 믿는다. 오래 알고 지낸 사람들의 제안은 보통 긍정적으로 생각한다. 하지만 그럴 때마다 아내는 내가 감정적인 판단을 하지 않게 곁에서 검토할 것들을 말해준다.

"그러면 계약서부터 먼저 작성하자고 해요.", "같이 가서 제대로 확인 먼저 해보고 싶다고 해요." 내가 두루뭉술하게 받아온 제안을 보고, 아내는 똑 부러지게 챙길 것을 알려주곤 했다. 물론 내 고집으로 그런 검토를 덜 하고 진행해 버리는 경우도 많았다. 그 과정에서 내가 아내를 적극적으로 설득하기도 했다. 하지만 돌이켜 보면, 아내의 의견을 따르는 게 나았던 적이 90% 이상이었다. 즉, 상대방의 의도가 좋지 않았거나 아니면 계획대로 일이 진행되지 않아서 손해를 입게 되는 일들이 생겼다.

반면에 아내가 적극적으로 진행하고자 했던 일들은 좋은 결과로 돌아온 경우가 많았다. 실제로 투자한 부동산 중에 유일하게 돈을 벌어다 준 게 전부 아내의 주도로 진행된 거였다.

"태순 씨, 아내 말을 잘 귀담아들으면 크게 성공할 수 있어요." 멘토로 모시던 성공한 사업가 한 분이 반복해서 내게 해주셨던 말이다. 현명한 아내를 만나는 것도 중요하지만, 더 중요한 것은 내 생각과 반대되는 아내의 말을 존중하고 함께 의사결정을 하는 것이다.

무조건 아내의 말을 따라야 한다고 주장하는 건 아니다. 다만, 곁에서 나와 다른 시각으로 상황 판단을 같이 해줄 수 있는 사람의 의견은 꼭 그 사람 의견대로 하지 않더라도 상상 이상으로 가치가 있다고 말하고 싶다. 물론 남편 입장에서는 반발감이 들 수도 있다.

'저는 제가 다 알아보고 가족을 위해서 좋은 결정을 하려고 하는데, 아내가 반대만 하는 것 같아요'라고 생각한다면, 강력하게 자신의 의견을 관철해서 밀고 나가면 된다. 그 이후에 결과를 받아들일 때 확실히 객관적으로 판단할 자신이 있다면 말이다.

내가 주도해서 진행했던 일들이 가져온 결과와 아내 주도로 진행했던 일들의 결과들을 감정적인 부분 빼고 객관적으로 판단하니 멘토가 했던 말을 받아들일 수밖에 없었다.

'그런데 그러다 보면 아내가 남편을 무시하게 될 수도 있잖아요?' 아내의 조언이 괜한 걱정일거라 예단해서 아내의 말을 무시하다가 결국 아내의 말이 맞을 때, 그 반대급부로 무시하는 말이 되돌아오는 것이다. 이런 에너지의 작용을 알고 있어야 한다. 그래서 처음부터 서로의 의견을 존중하며 조율하는 연습을 통해서 감정적인 응어리가 덜 쌓이도록 의사결정을 같이 해봐야 한다. 남편이 틀려서 무시하는 게 아니라 의사 결정하는 과정에서 생긴 감정적 응어리가 나중에 상대를 무시는 방식으로 발현되는 것이다.

당연히 반대의 경우도 존재한다. 아내가 즉흥적으로 결정하는 게 많을 때, 남편이 반대로 아내가 놓치고 있는 부분을 챙겨서 보완할 수도 있다. 남편들의 의견이 대부분 틀리고, 아내의 의견이 대부분 맞다고 주장하는 내용이 아니다.

부부는 상대적으로 더 진취적이고, 즉흥적인 역할을 맡는 쪽이 있고 더 심사숙고하는 역할을 맡는 쪽이 있다. 둘 다 한쪽으로 치우쳤다고 하더라도 상대적으로 조금 더 그 방향으로 치우치는 역할을 하는 사람이 있다.

부부가 하나의 현상이나 이벤트를 두고 서로 다른 관점으로 볼 수 있다는 것은 엄청난 행운이다. 왜냐면 세상의 모든 일에는 전부 다 양면성이 존재하기 때문이다. 평생 한쪽 면만 보고 왔던 사람은 그 반대편의 모습을 상상조차 하지 못한다. 그 반대편을 대신 상상해 줄 수 있는 존재가 곁에 있다면 점점 더 완전한 선택에 가까이 갈 수 있게 되는 것이다.

부부가 서로 달라서 좋지 않은 이유를 대려면 끝도 없이 댈 수 있다. 그리고 그런 이유로 자주 다투기도 하고 각자의 길을 걷는 선택을 하는 사람들도 있다. 반면 부부가 서로 달라서 좋은 이유들을 찾기 시작해도 역시나 적지 않게 찾을 수 있다. 누구도 그런 게 있을 거라고 알려주지 않았을 뿐이다.

언론과 미디어에서 다루는 부부 문제들은 서로 달라서 다투는 이야기투성이라 대중은 그게 당연하다고 여기고 살 수밖에 없다.

이미 서로 달라서 좋지 않은 것들에 부부가 꽂혀 있다면, 생각을 전환하는 게 쉽지 않다는 것도 알고 있다. 한번에 180도 달라지는 건 거의 불가능하다. 잠깐 달라진 것처럼 보일 수 있지만, 급격하게 바뀐 것은 금방 반작용이 생겨서 원래로 돌아간다. 그래서 아주 작은 변화부터 번거롭지 않은 것에서 시작해야 한다.

부부가 서로 달라서 오히려 좋은 점들을 딱 하나씩만 찾아보고 인정하며 현실에서 그게 정말 좋게 작용하는 경험을 한두 번 해보면서 조금씩 바뀌게 된다. 만약 같이 육아를 꿈꾸면서 우리 부부처럼 붙어 있는 시간을 오래 가져야 하는 환경을 구축해야 한다면 앞서 언급한 것처럼 생각을 전환하는 연습이 꼭 필요하다. 익숙해지는 데 시간이 걸려서 그렇지, 불가능한 일은 아니다.

내 주변에 있는 부부들도 그렇게 조금씩 변해가는 모습을 실제로 보고 있기 때문이다.

같이 육아

종종 성격 차이로 결별을 선언한 연예인들의 뉴스를 접하곤 한다. 의례 사용하는 단어가 될 정도로 성격 차이는 대표적인 이혼 사유로 자리 잡은 것 같다. 하지만 그분들이 연애할 때의 인터뷰를 보면 오히려 성격 차이로 매력을 느꼈다는 포인트들이 있을 것이다.

서로 다르다는 것이 무조건 멀어지는 원인은 아니다. 오히려 끌어당기는 요인이 있기에 서로 끌렸고 결혼까지 한다. 다만 원래 존재했던 성격 차이를 결혼 후 부정적인 쪽으로 보는 일이 많아지고, 한번 그렇게 보기 시작하면 작은 차이라고 느꼈던 게 점점 더 거대하게 다가오기 시작한다.

성격이 비슷해서 결혼했다고 해도 마찬가지다. 비슷한 성격 때문에 서로 안 좋게 될 일 역시 반드시 생긴다. 결국 성격 차이 자체보다는 그 차이를 가지고 어떻게 긍정적으로 해석하느냐가 중요하다. 완벽히 나랑 같은 사람도 없고, 완벽히 나랑 다른 사람도 없다는 진실을 받아들일 필요가 있다. 우리 부부도 서로 다른 부분을 인정하고, 더 행복해지기 위한 선택을 천천히 쌓아갈 뿐이다.

육아 덕분에
오히려 높아진 효율

"신랑, 슬슬 애들 데리러 갈까?"
"벌써 시간이 이렇게 됐나? 알았어~"

우리 부부는 집 근처에 있는 사무실로 아침에 같이 출근한다. 오전에 아이들을 학교와 어린이집에 보내고 산책길을 따라 걸어 가곤 한다. 사무실에 있다가 아이들을 픽업할 시간이 되면 집으로 같이 귀가한다.

'등·하원 시키고 저녁에 애들 챙기고 하다 보면 일할 시간도 별로 없을 것 같은데, 어떻게 효율적으로 일할 수 있을까요?' 과거 내가 집필한 〈게으르지만, 콘텐츠로 돈은 잘 법니다〉 같은 책을 읽은 분 중에 육아하면서 사업까지 병행하는 분들이 이런 궁금증을 많이 가지고 계셨다.

한정된 시간에 사업도 하고 아이들도 챙기는 두 마리 토끼를 어떻게 잡을지는 우리에게 항상 중요한 화두이다. 이와 같은 환경을 구축하고 효율성을 높이기 위해서 우리 부부는 다음과 같은 세 가지를 염두에 두고 살아간다.

첫째, 등·하원 길에 아이들과 최대한 대화를 많이 나눈다.

아무래도 걸으면서는 대화에만 집중하기가 훨씬 좋다. 다른 볼거리가 없고 동행하는 사람에게 집중할 수밖에 없으니까. 주로 아이들이 감정적으로 서운했던 부분, 오해한 부분에 관해서 물어보고 설명하는 시간을 가지려고 한다. 그리고 최근 고민 같은 것도 묻고 또 듣는다. 해보니까 실제로 걸으면서는 평소보다 이런 질문에 아이들이 대답을 더 잘했다. 이처럼 같이 걸어서 등·하원하는 동안 감정적으로 해소할 수 있는 부분을 최대한 해소하는 시간을 갖는다. 걸으면서 이런 이야기를 하면 훨씬 더 가볍고 경쾌하게 풀어내는 느낌이 들었다. 덕분에 집에 같이 머무는 동안 아이들과 감정적으로 부딪힐 수 있는 요소가 줄어든다.

에너지가 폭발하는 두 아들을 키우지만, 아이들과 우리 부부와의 감정적 충돌은 그리 잦은 편은 아니다. 물론 시간이 가면서 더 많은 시험에 들고 있지만, 최대한 등·하원길의 길거리 대화로 건강하게 풀어내며 조절하고 있다.

일의 효율이 높기 위해서는 체력도 중요하지만, 감정적인 상태가 훨씬 더 중요하다. 아이들과 서운한 감정이 쌓인 상태에서는 우리도 일에 온전히 집중하기 힘들다. 감정적으로 좋지 않은 상태일 때는 5시간을 일해도 50분 일한 것만도 못하게 된다. 따라서 등·하원하면서 시간을 쓰지만 그 시간 덕분에 감정 해소도 하고, 집에서 감정 충돌될 요소를 줄여서 오히려 평상시 일의 몰입도를 높일 수 있다.

둘째, 일할 시간이 얼마 없다는 사실을 역으로 이용한다.

'일이 빨리 진행되게 하고 싶으면 바쁜 사람에게 일을 맡겨라.'라는 말이 있다. 바쁜 사람은 평소 시간에 대해 밀도 있게 고민하다 보니 오히려 시간 관리에 능숙해지고 일을 잘 처리한다는 뜻이 담겨 있다.

우리 부부는 애초에 시간이 별로 없는 상황을 가정하고 같이 육아하고 사업하는 것을 설계해 나갔다. 그래서 최근처럼 인공지능 서비스가 활성화되기 전부터 인공지능 툴을 사용해서 콘텐츠를 만들기도 했다. 물가가 저렴한 해외의 인력을 고용해 업무 외주를 주는 시도도 일찍부터 시작했다. 시간이 부족해서 부득이하게 선택했던 방법이었다.

최근 들어 ChatGPT 같은 인공지능 서비스도 계속 업데이트되고, 유튜브에서 다양한 정보들을 쉽게 볼 수 있어서 사람들은 효율성을 높여주는 툴을 사용한다. 하지만 우리 부부는 오래전부터 이와 관련해서 시행착오를 겪어서 지금과 같은 상황에 훨씬 더 빨리 적응할 수 있었다. 그래서 아내와 나는 계속 인공지능의 도움을 받아 퀄리티 높은 책을 어떻게 하면 빠르게 만들어서 아마존에 출간할지에 대해 기획했고 실제로 책을 출간했다.

애초에 짧은 시간에 높은 성과를 올리기 위해서 인공지능 툴을 일찍부터 사용했다 보니 지금 이런 시도들도 누구보다 빠르고 쉽게 해볼 수 있었다.

셋째, 협업과 시스템에 대한 고민을 지속한다.

이상적인 사업가는 바쁘면 안 된다고 생각한다. 여유 있게 상황을 판단하고 의사결정을 잘해서 자신보다 일을 잘하는 사람에게 업무 분담을 하는 게 사업가의 제일 중요한 역할이다. 돈을 버는 초기에는 직접 해야 하는 일이 대부분이겠지만 시간이 갈수록 협업할 파트너를 만들거나 직원을 통해서 일을 처리하며 시스템

화시키는 작업이 필요하다.

하지만 직원을 통해서 일을 해결하다 보면 감정 소모가 많아져서 인력을 확장하는 과정에 힘들어하는 대표들도 정말 많다. 그래서 수익이 덜 나더라도 전문업체나 검증된 프리랜서와 협업하는 방식을 많이 선택한다. 우리 부부도 인력을 늘리기보다는 협업하는 곳을 늘리는 식으로 일하고 있다. 아내와 내가 책을 기획하고, 그것을 해외작가에게 맡기고, 킨들에 맞춰서 편집 작업하는 업체에 맡기면 한번에 여러 책을 출간할 수 있다.

2018년부터 우리 부부는 이런 식으로 같이 수익을 만드는 시도를 본격적으로 시작했다. 그 과정에서 계속 노하우가 축적되었다. 그런데 돌아보니까 이런 방법론적인 것보다 더 중요한 게 있었다. 바로 '진짜 이렇게 살아도 되는 걸까?' 하는 불안감에 대한 관리였다.

'육아에 신경을 덜 쓰더라도 연봉이 높은 곳에 취직해서 안정된 월급을 받아야 하는 거 아닐까?', '집에 늦게 오더라도 밖에서 새로운 미팅을 계속 잡으면서 사업을 확장시켜야 하는 것은 아닐까?' 하는 불안감은 종종 우리를 찾아왔다. 우리처럼 업무 시간을 대폭 줄이고 육아시간에 집중하면서 수익을 같이 만드는 도전을 하는 부부는 현실에서는 잘 찾기 어렵기 때문에 새로운 도전이 더 불안

할 수밖에 없었다. 비록 불안했지만 비슷한 생각을 가진 분들을 만나 뵙기도 하고, 관련된 강의도 하면서 불안한 분들에게 용기를 주는 시도도 해보았다.

현실에서 누군가가 비슷한 도전을 하고 있다는 사실만 알아도 불안감은 확실히 덜어진다. 같이 육아하면서 같이 돈을 벌고자 하는 부부가 계신다면 이 책에 담긴 이야기들을 통해서 불안도 가라앉히고 용기도 얻으시길 바라본다.

같이 육아를 꿈꾸는 세상 모든 부부를 응원하고, 우리 부부 역시 많은 응원이 필요하다고 전하고 싶다.

같이 육아

사람들은 돈이 많으면 더 행복해질 거라 믿는다. 그럴 확률이 높아질 수 있지만 절대적인 상관관계가 있지는 않다. 아시다시피 돈이 많아도 불행한 사람은 보기보다 훨씬 많다. 자유시간이 많아지면 더 많은 공부를 하거나 더 많은 일을 처리할 거라 생각하는 것도 마찬가지다. 막상 자유가 생기면 정작 중요한 것은 뒤로 미루고 게으름을 피우는 자신을 보게 된다.

실제 중요한 것은 현재 확보된 돈과 시간의 제약 속에서 효율을 만들고자 하는 노력이다. 오히려 제약이 있을 때 한계를 극복하며 철학도 생기고, 그런 철학들이 쌓여야 나중에 돈이 많아져도 중심 잡힌 선택을 할 수 있고, 시간이 많아져도 원하는 일을 즐겁게 처리할 수 있다.

자기 철학이 없는 상태에서 얻어지는 돈과 자유는 손에 쥔 모래와 같이 금방 날아가 버린다. 세상에는 분명 어떤 행복한 사람이 있을 터인데, 그가 나보다 돈이 많아서 행복한 것도 아니요, 시간이 많아서 행복한 것도 아닐거라 생각한다. 그에게 주어진 상황 안에서 긍정적인 해석과 선택을 한 번 더 했기 때문에 행복해졌을 것이다. 우리가 행복하게 살 때 더 많은 좋은 아이디어와 사람들이 다가온다. 그리고 그 덕분에 더 많이 돈을 벌고 더 많이 자유를 얻게 되는 선순환이 시작된다.

우리 부부가 최고의
사업 파트너가 된 의외의 이유

"지혜야, 나 홈택스에서 신고할 거 있는데 중간에 막혀서 하루 종일 못하고 있어."

"또? 내가 한번 해볼까?"

"제발 도와줘. 이것 때문에 다른 일 진도를 못 나가겠어!"

홈택스에서 신고할 게 있는데 하루 종일 뚝딱거리면서 못하다가 아내에게 도움을 요청하면 보통 10분 만에 문제가 해결된다. 농담이 아니라 아내가 그런 일을 처리하는 게 흡사 마술처럼 보일 때가 있다. 도대체 왜 내가 할 때는 다음으로 진행이 안 되던 게 아내가 하면 그다음 단계로 넘어가는 걸까?

"신랑, 윤재가 학교에서 자작 시를 써오라고 했다는데 어떻게 도울지 모르겠어."

"아 그래? 그거 식은 죽 먹기지. 내가 윤재랑 함께 해볼게."

윤재의 글쓰기 숙제를 앞에 두고 끙끙거리던 아내에게 바통을 이어받은 나는 10분도 되지 않아서 윤재와 숙제를 끝내버렸다.

"어떻게 이렇게 금방 끝났어? 대신 적어준 거야?"

"아니, 나는 그냥 윤재한테 질문만 했는데? 윤재가 대답하면 그걸 적으라고 했지."

이런 게 왜 어렵냐는 듯한 표정으로 답을 하면 아내도 무슨 마법을 또 쓴 거냐며 나를 한참 쳐다본다. 꼼꼼한 아내와 덤벙거리는 남편, 정해진 것을 잘하는 아내와 정해지지 않은 것을 잘하는 남편. 따져보면 다른 게 너무 많아서 우리 부부는 최고의 사업 파트너가 될 수 있었다. 실제로 내가 과거에 같이 동업했던 시니어

창업가분들은 나와 성향이 정반대였다. 그리고 그분들은 내가 반대 성향인 것을 알고 동업자로 선정했다는 것도 추후에 들려줬다.

하지만 같이 사업하려면 비슷한 성향끼리 하는 게 나을 것 같다고 생각할 수도 있다. 처음 사업을 시작할 때는 비슷한 사람끼리 하면 초반에 아무래도 충돌이 덜 하다. 하지만 사업이 실제로 성과가 나기 위해서는 다른 관점을 가진 사람들이 시너지를 내야 유리하다. 물론 생각이 서로 달라서 동업자와 틀어지는 경우를 더 많이 봤다고 하는 사람도 있을 것이다. 하지만 자신과 다른 점이 많은 사람이 결국은 사업을 하는 데 더 도움이 된다는 사실을 깨달을 때까지 사업가들은 자신과 비슷한 생각을 하는 사람만 찾는 시행착오를 반복한다.

나는 법인 설립을 하기 전에 약 4년간 영업직에 근무했었다. 덕분에 과거에는 전혀 몰랐던 각양각색의 모르는 사람들을 만날 수 있었다. 그 과정에서 내가 얼마나 좁은 영역에서 사람을 만나왔는지 뒤늦게 깨달았다. 다른 사람들도 나와 비슷한 생각을 하면서 사는 줄 알았는데 아주 틀린 생각이었다. 비슷해 보여도 각자 다른 생각들이 존재했다.

한때 뜨거운 논쟁거리였는데, 사진을 보고 줄무늬 원피스가 파란색인지 금색인지 고르는 테스트가 있었다. 똑같은 사진을 보고도 파란색으로 보인다는 사람과 금색으로 보인다는 사람들로 나뉘어 격하게 다투었다. '똑같은 것을 보고도 각자의 세계에 있으면서 각자 옳다고 생각하는 게 다 다르다'라는 생각을 다시 한번 확인하는 계기가 되었다.

생각이 다르다는 건 누가 맞고, 누가 틀린 게 아니다. 오히려 다른 생각을 다양하게 접할수록 입체적인 정보를 가지고 객관적인 판단을 잘할 수 있는 여지가 생긴다. 또, 사람마다 부족한 부분들이 존재한다. 그것을 굳이 내가 채우지 않아도 상대적으로 그 부분을 더 가진 사람을 곁에 두고 채울 수도 있다. 사업을 선도하는 사람이 가장 경계해야 하는 점이 혼자만의 확신이다.

리더가 확신하면 그와 관련된 선택에 회사의 많은 자원이 투입되기 시작한다. 자기 생각이 맞다고 확신하고 중대한 결정을 리더 혼자 반복하면 그 회사는 쇠락의 길을 걷게 된다. 조직과 사업을 이끌며 다 같이 오래 잘 되기 위해서는 일부러 불편한 선택을 할 필요가 있다. 그래서 리더는 일부러라도 자신과 다른 생각을 하는 사람을 곁에 두어야 한다. 이때, 서로가 다른 생각을 한다는 사실을 정확히 인지하고, 그 생각에 대해서 서로 존중할 수 있어야 한다.

리더가 이런 단계까지 가려면 다양한 사람을 만나며, 다양한 경험이 필요하다. 나는 스타트업 코칭을 종종 하는데 서로 친하고 잘 통한다고 금방 동업자가 되는 경우를 자주 본다. 하지만 오히려 서로 다른 부분들을 가지고 대립해도, 대화를 통해 간극을 좁히는 경험을 할 수 있을 때 비로소 동업자가 되는 것이 맞다고 생각한다. 그런 면에서 우리 부부는 서로에게 최고의 사업 파트너라고 할 수 있다.

서로 다른 게 많다는 사실은 경험을 통해 너무 잘 알고 있다. 하지만 결혼하고 나서, 서로 달라서 불편한 부분에 집중하기보다 달라서 좋은 부분들, 특히 육아나 사업을 같이 하면서 시너지를 낼 수 있는 부분들에 더 집중하기 위한 노력을 같이했다. 다르면 다른 데로 더 좋은 면을 같이 발견하는 노력이 필요하다. 달라서 오히려 좋은 부분을 찾는 노력을 통해 상대를 최고의 사업 파트너와 육아 파트너로 만들어 보자.

같이 육아

나는 아내뿐 아니라 같이 사업을 하는 대부분의 파트너가 나와는 성향이 반대였다. 파트너가 일을 벌이면, 나는 그 일이 잘 추진될 수 있는 촘촘한 단계를 설계한다. 또 파트너가 사업의 좋은 면만 보면 나는 리스크가 될 부분을 보고 분석한다. 그러니 사업을 바라보는 관점이 다를 수밖에 없고, 그러다 보면 의견 충돌이 생긴다. 그런데 말 그대로 의견이 충돌될 뿐이고, 상대의 관점에 대해 서로 100% 존중한다. 오히려 반대 의견을 들을 수 있어서 상대에게 고맙다는 표현까지 쓸 정도이다.

사실, 이런 관계를 유지하는 사업 파트너를 만나는 것은 큰 행운이다. 당연히 이런 단계까지 가기 위해서 수많은 사람을 만나고 떠나보내고를 반복했다. 그 시간을 보내고 나니 서로 성향이 다른 사업 파트너지만, 서로의 의견을 존중할 때 가장 좋은 퍼포먼스가 난다는 것도 서로가 알게 되었다. 이런 경험 덕분에 성향이 다른 아내와 사업을 같이 할 때, 설령 반대되는 관점이 있더라도 상대의 의견만 존중하면 무조건 잘될 수밖에 없다는 것을 믿었고 지금까지 즐겁게 같이 사업하고 있다.

우리 부부가
서로 잔소리하지 않는 이유

"신랑, 앉아서 쉬어~ 내가 이따 설거지할게."
"지혜야, 나는 설거지하면서 유튜브 보는 게 쉬는 거잖아."

오전부터 아이들 챙겨서 등원시키고, 일을 하다가 하원시키고 놀이터에서 놀다가 들어와서 밥도 먹이고 하다 보면, 눈에 걸리는 집안일들이 많아도 손댈 여유가 없기 마련이다. 한 번만 설거지 타이밍을 놓쳐도 싱크대는 더러운 식기들로 넘쳐난다. 집안 곳곳에 쌓여 있는 집안일들을 보면, 남편이든 아내든 스트레스 지수가 같이 쌓일 수밖에 없다. 설거지할 식기들은 보기 싫지만, 설거지를 막상 하려고 하면 억울한 생각이 떠오른다.

'내가 오늘은 아이들을 더 챙기느라 힘들었는데, 남편이 하면 안 되나? 내가 이것까지 하면 좀 억울한데.' '밖에서 강의하고 와서 피곤한데, 쉬지도 못하고 아내가 안 한 설거지를 내가 하는 게 맞나?' 하는 생각이 많았던 날일수록 각자의 머릿속에 있는 계산기는 조금 더 편파적으로 돌아가기 시작한다.

묘한 긴장감 속에 대치하다가 한쪽이 설거지 처리를 맡아보지만, 머릿속 계산기는 멈출 줄 모르고 억울함을 2배로 적립해 버린다. 이런 계산기 작동을 멈춰야 부부 사이의 잔소리도 같이 멈출 수 있다.

끊임없이 돌아가는 각자의 계산기를 멈추기 위해서 우리 부부는 다음 세 가지를 기억하려고 노력한다.

첫 번째, 이왕 집안일을 한다면 자기에게 즐거운 방식으로 한다.

나는 특히 설거지를 좋아한다. 심지어 식기 세척기가 있는데 한 번도 사용한 적이 없다. 설거지하면서 예능을 보는 게 나의 낙이다. 그래서 내가 일을 더하고 말고를 계산할 필요가 없다. 그 일 자체를 즐겁게 만들면 되니까. 물론 아내도 마찬가지다. 정말 힘든 경우에는 상대에게 부탁하면 된다. 평소에 각자가 자신에게 즐거운 방식으로 일을 처리했기 때문에 어쩌다 상대에게 하는 부탁이 무리라고 느껴지지 않는다.

두 번째, 내가 힘든 만큼 상대도 힘들 수 있다는 사실을 상상해 본다.

그게 잘 안되면 내가 힘들었을 때, 상대가 나의 힘듦을 알아봐 주지 않아서 억울했던 때를 떠올려 본다. 그러면 지금 내가 상대방이 힘들어하는 것을 이해하지 못하는 상황일 때, 스스로 돌아볼 수 있다. '얼마나 바빴으면, 얼마나 피곤했으면, 얼마나 힘들었으면' 상대가 놓여 있는 상황에서는 상대도 최선을 다했다고 생각하면, 지금 마음에 들지 않은 집안 모습을 보더라도 잔소리하고 비난을 늘어놓는 게 줄어들 수 있다. 다행스럽게도 같이 육아하다 보면 각자의 입장에서 생각해 보는 경험을 더 자주 하게 된다.

아이들은 주로 아내 곁에서 맴돌려고 한다. 자기들끼리 놀다가도 틈만 나면 아무 이유 없이 엄마를 그냥 찾는다. 뭘 같이 하지 않아도 아이들이 계속 찾는 것만으로도 에너지가 소진될 수 있다. 실제로 내가 혼자 아이들을 둘 다 봐야 하는 경우가 종종 생기는데, 그런 경험을 할 때마다 아내가 매번 힘들겠다는 생각을 자연스럽게 한다. 또 아내와 같이 운영하는 무인 매장이 있는데 내가 한 번씩 그 매장에 가서 정리도 하고, 청소도 하고 온다. 자주는 아니지만 한번 갔다 오면 한나절이 지난다. 아내는 거의 가지 않지만, 내가 한번 갔다 오면 나에게 매번 너무 고생했다고 말해준다.

정신 없이 육아하면서 하루를 보내는 중에 머릿속에는 '아, 청소해야 하는데', '아, 설거지해야 하는데' 이런 생각이 계속 맴돈다. 그런데 그 상황을 모르는 입장에서 집에 오자마자 잔소리하면 어떨까? 분노가 더 쌓이고, 억울함은 커져서, 계산기는 점점 더 편파적으로 돌아가는 악순환이 시작된다.

나는 밖에서 강의하다가 들어와도 설거지가 있으면 '앗싸' 하면서 유튜브를 켜고 신나게 설거지한다. 물론 아내도 그렇다. 그런데 이런 선택을 하는 것 자체가 쉽지 않다는 것을 서로가 잘 알고 있어서 한 번 더 서로에게 감사한 마음이 들 수 있다. '내가 1만큼 더했으니까, 당신도 1만큼 더해.'라는 계산으로는 절대 부부가 행복해질 수 없다. 나에게 1과 상대에게 1은 완전히 다르기 때문이다. 언제나 자신의 입장에서 유리하게 생각하는 게 인간의 본성이니까.

물론 누가 봐도 자신이 더 많이 신경 쓰고, 스트레스받은 날은 있을 거다. 그런 날이 왜 없겠는가? 하지만 그런 계산을 매번 따지면서 내가 더한 부분을 악착같이 챙기고, 덜한 부분은 악착같이 방어하면서 부부간에 매일 승자와 패자를 가르며 산다면 얼마나 불행한가? 상대의 모든 일에 잔소리하고 싶어지고, 상대의 모든 말을 잔소리라고 받아들이면서 살게 된다. 한 달만 살 것도 아니고, 일 년만 살 것도 아닌데, 매일 매일 정산을 하며 살 필요는 없다.

'그래도 지금까지는 내가 더 참았으니까, 이번에는 상대가 먼저 배려했으면 좋겠어.' 아마 상대방도 똑같은 생각을 하고 있을 거다. 안타깝게도 나는 상대가 될 수 없고, 상대도 내가 될 수 없는 상황에서 각자가 할 수 있는 한 최대치로 노력하고, 또 참고 살았을 거다. 내가 참으면서 힘들었던 만큼 상대도 최대치로 참고 살았다는 것을 받아들일 필요가 있다.

누군가는 받아들이기 힘든 내용이란 걸 안다. 하지만 상대가 되어 보지 않은 상황에서 이렇게 판단하려는 노력이 정말 중요하고 관계를 개선하는 데 효과가 있다. 애쓰고 있는 나를 먼저 보고, 그에 비추어서 상대의 지친 모습도 봐주고 각자가 얼마나 애쓰면서 사는지 알아차리고 서로 연민을 갖는 노력이 필요하다. 그래야 부부간에 배려가 샘솟을 공간이 생긴다. 그렇지 않으면 서로 억지로 참고 있게 되는데 참는 것으로는 문제 해결이 안 된다.

'앞으로 내가 잔소리 안 할게'라고 상대에게 약속하는 식의 말도 필요 없다. 지키지 못하는 순간이 분명 생기기 때문이다. 그리고 오히려 그게 더 큰 싸움의 빌미가 된다. 내가 오늘 힘들었다면, 상대 역시 그만큼 힘들 수 있음을 상상해 보는 정도의 마음을 가지는 것으로 시작하면 된다.

누구보다 공정하게 계산기를 두드리는 것처럼 하면서 사실은 각자의 입장에서 유리한 계산을 하고 있다면 서로를 향한 잔소리는 절대 멈추지 않을 것이다.

같이 육아

요즘은 결혼할 때, 집안일을 분담해서 정하는 경우가 많다고 한다. 가사노동은 한 명이 다 커버하기에는 버거운 게 사실이라서 당연히 부부가 함께하는 게 맞다. 하지만 선을 명확히 정하면 정할수록 또 선이 여러 개가 될수록 그 선 때문에 서로에게 섭섭함이 생겨 잔소리하게 된다.

"이거 해야 하는 데 왜 안 했어?"라고 하면 "당신도 지난번에 안 한 거 있었는데 내가 그냥 했어."라고 맞받아치며 부부싸움으로 이어진다. 가사노동이라는 고된 미션 앞에서 더 소중하게 다뤄져야 할 부부관계가 오히려 무시당하고 있다. 가사 분담에 집착할수록 결혼 생활은 가사노동 해결에 목적이 있다고 부부들은 생각하게 된다. 그래서 잠깐 멈춰서 돌아봐야 한다.

부부가 더 행복한 시간을 보내기 위해서 결혼한 것이고, 가사 노동은 부수적으로 오는 미션이다. 그런데 그런 가사 분담 역할에 집착하는 것은 결혼 생활의 우선순위를 뒤집고 서로에게 잔소리하게 만든다. 부부 사이에서 합리적인 선택이 꼭 합리적인 결과를 가져오지는 않는다는 사실을 기억하면서 하나씩 확인해 갈 필요가 있다.

정말 당신 덕분에
삽니다

‘형, 이사하셨는데 뭐 필요한 거 없으세요?’, ‘윤재, 윤호 크리스마스 선물 주고 싶은데 어떤 게 좋을까요?’라며 우리 주변에는 우리 가족이 행복하게 잘 살길 기도해 주고, 응원해 주는 분들이 생각보다 많이 계시는 것을 가끔 피부로 느낀다. 그래서 우리도 어떤 식으로든 주변에 힘이 될 수 있는 존재가 되자고 다짐한다.

두 아들에게도 매번 이야기 해준다. ‘이건 노랑 삼촌이 준 선물이야.’, ‘이거는 창디랑, 소이컬러 이모가 우리 가족을 위해서 그려 준 거야.’, ‘이거는 사각집 누나가 만든 과자야.’…. 세상에 나를 아껴주고 응원해 주는 사람이 딱 한 사람만 있어도 절망 속에서 딛고 일어설 수 있다는 말이 있다. 우리 가족을 아껴주시는 분들 덕분에 우리는 위기를 경험하면서도 지금과 같은 육아 환경을 구축하고 새로운 도전을 계속할 수 있었다.

물론 반대의 경우도 있었다. 가까운 사이라는 점을 이용해서 사기를 친 사람도 있었고, 가깝게 지내면서 우리가 하는 사업을 그대로 카피해서 몰래 수익을 챙겼던 사례도 있었으니까. 가장 큰 상처는 언제나 가까운 사람을 통해서 받는다. 하지만 그보다 더 큰 위로와 응원 역시도 주변에 있는 가까운 분들을 통해서 받을 수 있다.

성공한 사업가분들을 만나서 이야기를 듣다 보면 가까운 사람으로부터 배신당한 경험이 제법 많이 있다. 그런 가운데서도 포기하지 않고 계속 사업을 번창시켜 몸과 마음이 평온해 보이는 분들께 여쭤봤다.

"그렇게 가까운 사람으로부터 상처를 많이 받았는데 또 어떻게 사람을 믿을 수 있으세요?"

"상처 주는 사람은 세상에 많죠. 그런데 세상에는 좋은 사람도 생각보다 많아요. 자꾸 나한테 상처 준 사람들만 떠올려서 그렇지…."

'이 말을 듣고 나는 '아차' 싶었다. 정말 부끄러웠다. 주변에 감사할 분들이 넘쳐나는데도 나를 힘들게 했던 사람들이 준 상처만 생각하고, 믿을 사람은 없다는 편견을 갖고 있었으니까. 돌아보면 위기의 순간에 가장 먼저 연락해 와서 도와준 감사한 친구들이 매번 있었다. 자기 일보다 더 열심히 내 문제를 해결하기 위해 발 벗고 뛰어다녔던 은인들도 있었다.

나 대신 싸워주고, 내가 더 잘 되게 하려고 자신의 커뮤니티를 활용하는 분도 계셨다. 그런 분들 덕분에 우리 부부는 부족한 게 많지만, 아이들과 지금보다 더 행복해지기 위한 선택을 하면서 앞으로 나아갈 수 있었다. 과거에도 계속 노력했지만, 앞으로도 우리가 가진 달란트를 바탕으로 주변 분들을 빛나게 만들어야겠다는 다짐을 하게 된다.

그런데 그렇게 살기 위해서는 주의해야 할 부분도 있다. 다른 사람보다 상대적으로 내가 조금 더 쉽게 할 수 있는 일이 무엇인지 찾고 그 일로 주변을 돕는 것이다. 그런 일을 발견해야 주변 분들이 필요할 때 편하게 도움을 줄 수 있다.

누가 봐도 대단한 일을 할 수 있어야 도움이 되는 게 아니다. 상대적으로 조금 더 나은 부분이 있으면 되는 것이다. 내가 무리해서 주변에 도움을 주려고 하면 오히려 제대로 도움을 주지 못할 뿐더러 관계를 망치는 원인이 되기도 한다. 과거에 내가 그런 욕심을 계속 부렸다. 내가 더 대단해져서 더 큰 도움을 주고, 주변으로부터 인정받아야지 하는 마음들이 오히려 관계를 망쳤다.

지금은 그래서 작은 응원이라도 주변 분들을 위해서 건네보고 있으며, 덕분에 예전보다 건강한 인간관계가 지속되는 느낌을 받고 있다.

"정말 덕분에 삽니다!"

같이 육아

이 책을 읽고 계신 분 중에도 다른 사람에게 선물 받는 것을 힘들어하는 분이 계실 것이다. 혹은 '어떻게 그런 게 힘들 수가 있지?'라고 생각하는 분도 계실 것이다. 나는 다른 분들이 주는 선물이 감사하지만, 부담도 되고 책임져야 할 일이 느는 것처럼 느껴지곤 했다. 이런 감정은 어릴 때부터 오랫동안 느껴온 것이다.

대학교 다닐 때도 생일 잔치를 누가 열어준다고 해도 하지 말라고 했다. 어머니가 당신의 생일 때마다 하신 말씀이 기억에 남는다.

"나는 생일 같은 거 안 챙겨도 돼." 나도 모르게 이 말을 어른이 되어 내가 하는 것을 발견했다. 주변에 도움을 주는 사람이 되어야 하지만, 내게 돌아오는 것에 대해서는 매번 주저했다. 하지만 지금은 이런 내 성향이 우리 아이들에게 또 영향을 미칠지 모르겠다는 두려움이 들었다. 그래서 요즘은 최대한 선물을 감사히 잘 받는 연습을 해본다. 충분히 감사를 표현하고 부담은 덜 느끼려고 노력하고 있다. 이런 노력을 하면서 매번 주변 덕을 보며 살고 있다는 생각을 다시 한번 하게 된다.

어른이 된다고 저절로 알게 되는 것은 절대 없다는 사실을 더 알아가는 중이다. 인지하고, 돌이키고 곱씹어봐야 겨우 반쯤 정도 알게 되는 것 같다. 나와 내 아내와 우리 아이들은 정말 여러분 덕분에 살고 있다.

마음만은 천국에

"지혜야, 나 아무래도 부동산 잘못 산 거 같아."
"괜찮아, 하나씩 해결해 보자. 같이 또 해결하면 되지."

지인 추천에 덥석 부동산을 무리해서 매입했다가 지인이 좋은 매물을 가져가기 위해서 나를 이용했다는 사실을 나중에 알았다. 월세를 벌어보겠다고 투자했는데, 이자가 더 나가는 상황이 되었을 때 누굴 탓할 수도 없고 내가 참 한심하게 느껴졌다.

그런데 당시에 둘째를 임신하고 있던 아내는 오히려 덤덤하게 같이 해결해 가면 된다고 나를 다독여 줬다. '그래 돈으로 해결할 수 있는 문제가 가장 쉬운 문제라고 했어.' 다른 문제도 아니고 돈으로 해결할 수 있는 문제면 오히려 낙담할 필요가 없다고 멘토들에게 귀에 박히게 들었던 내용을 멘탈이 나가서 잊고 있었던 거다.

나는 책도 쓰고 사업을 한 덕분에 성공한 분들도 많이 만나고, 가끔 그분들의 고민 상담도 해드리곤 했었다. 그 과정에서 확인할 수 있는 사실이 하나 있다. '아무리 돈이 많아도, 돈으로 해결할 수 없는 일이 정말 많구나.'라는 거였다. 부부 사이가 틀어진 것도 돈으로 해결되지 않았고, 자녀와 사이가 틀어진 것도 돈으로 해결이 되지 않았다. 오히려 너무 많은 돈이 관계를 좋게 만드는데 방해가 되는 것처럼 보였고 다툼의 원흉이 되는 것 같았다.

건강을 잃었을 때도 마찬가지였다. 돈만으로는 해결이 안 되었다. 실제로 한 분야에서 유명한 의사분께 수술받으려면 몇 년씩 기다려야 하는데 그런 것은 돈이 많다고 해결되는 문제가 아니었다.

더 놀라운 것은 그렇게 돈이 많은 분들의 후회였다. 돈은 좀 없어도 되니까 가족관계나 건강을 회복할 수만 있다면 좋겠다고 이야기했다.

많은 사람의 롤 모델이 된 분들의 그러한 비밀 이야기를 듣다 보면 자연스럽게 생각이 복잡해졌다. 그리고 그분들이 '돈으로 해결할 수 있는 문제가 가장 쉬운 문제'라고 했던 것이 어떤 의미인지 조금은 이해하게 되었다. 하지만 그 의미를 이해하는 것과 우리가 처한 현실에 적용하는 것은 또 다른 문제였다.

다행스럽게도 서로 신뢰하는 관계를 잘 유지했던 아내의 전폭적인 응원 덕분에 나는 부동산 문제들을 하나씩 해결해 갈 수 있었다. 또 아내와 같이 추가적인 수익 파이프라인을 더 적극적으로 만들 수도 있었다.

부동산 문제 해결을 도와준 은인분들의 사업을 계산 없이 도우면서 그분들이 더 잘 되게 하는데 내가 과거에 쌓아온 모든 지식과 인맥을 쏟아부었다. 그분들의 사업도 안정화되기 시작했고, 나와 아내 역시 또 한 번 성장하는 계기가 되었다.

'아무런 위기도 없이 편하게만 돈을 잘 벌었으면, 아이들한테 별로 해줄 이야기가 없었을 거야.'라며 예상치 못한 위기를 겪으면서 우리 부부는 서로에 대한 믿음을 키웠고 응원하는 법을 배웠다.

또 교육관에 대해서도 좀 더 확실해지는 계기가 되었다. 답이 정해져 있는 문제를 외워서 맞추는 것도 중요하지만, 답이 없는 문제를 맞이했을 때 현실적인 대안을 찾아가며 하나씩 풀 수 있는 아이들로 키우자고 한 번 더 다짐했다. 아무리 큰 문제를 만나도 자신의 마음이 천국에 있다면 문제를 어떻게든 풀 수 있다는 사실을 아이들에게 잘 전하고 싶었다. 또 아무리 쉬운 문제라도 마음이 지옥에 있으면 그 문제를 푸는 건 몇 배로 어려워진다는 사실도….

마음의 평안은 돈이 아니라 건강한 관계의 영향을 더 받는다는 사실을 자산가들을 만나면서 알게 되었다. 내가 대접받고 싶은 대로 배우자를 대접하고, 배우자를 속이지 않고 진실한 대화를 하는 것이 건강한 관계를 만들고, 마음의 평안을 얻는 지름길이다. 그 덕분에 부부의 마음이 함께 천국에 있다면 어떤 위기가 와도 극복할 수 있을 것이다.

같이 육아

계획했던 대로 일이 풀리지 않으면 문제에 집중하게 되니까 마음이 무거워지기 마련이다. 문제를 떠올리면 우울해지고 그 우울한 상상에 압도되기 시작한다. 하지만 그런 상태에서는 제대로 문제를 해결할 수 없다. 그리고 나를 위해 세상이 도와주려고 발 벗고 나서도 그런 도움을 제대로 챙기지 못한다.

어느 달에 원하는 만큼 매출이 나오지 않았는데 지출은 많을 때, 아내의 불안감은 높아진다. 그때마다 나는 우리가 기대한 것과 다른 방식으로 매출이 나게 될 것을 확신에 차서 이야기한다. 매번 그런 것은 아니지만 그런 상황에서 뜻하지 않게 큰 매출이 갑자기 생기는 경험을 여러 번 반복했다.

여기서 핵심은 우리가 원하는 상황을 떠올리면 그 상황이 끌어당겨진다는 게 아니다. 원치 않는 상황이 다가와도 즐거운 마음으로 맞이하고, 오히려 더 좋은 상황이 올 거라는 믿음을 가지는 그 자체가 중요하다. 왜냐면 그런 마음을 가지고 즐겁게 사업할 때, 주변에서 더 함께하고 싶어지기 때문이다. 그리고 좋은 기분으로 문제를 창의적으로 해결할 수 있다. 끌어당김이 발현되는 것은 운의 영역이 존재한다.

생각한 대로 당장 다 끌어오는 게 아니다. 그래서 우리는 통제할 수 있는 부분에만 집중하면 된다. 마음의 평안은 현재 상황과 상관없이 우리의 노력으로 선택할 수 있는 영역이다. 우리

부부는 위기의 상황에 마음의 평안에 집중하는 것을 그저 반복

하며 살고 있다.

신(神)의 사랑을
믿는다는 것

"신랑, 신이 우리에게 또 어떤 선물을 주시려는 걸까?"

"당장은 다 알 수 없겠지만, 언제나 그랬듯 또 알게 되겠지?"

우리 부부는 종종 이런 대화를 나누는데, 보기와 달리 기쁜 소식이 있는 날에 나누는 대화는 아니다. 생각지도 못했던 관계의 문제, 돈 문제, 건강 문제가 생겼을 때 주로 나누는 대화이다.

최근에 있었던 일이다. 9년 동안 월세를 올리지 않았던 집주인 분이 월세를 조금 올리고 계속 살도록 계약을 연장하자고 했고,

계약을 연장한 날 우리 가족은 케이크를 사서 파티를 했다.

아이들 등교나 등원도 3분 컷에 탁 트인 경치까지 몇 년 더 편하게 누릴 수 있게 되었으니 너무 기뻤다. 하지만 이 기쁨은 그리 오래가지 못했다.

"신랑, 집주인분이 계약 연장하기로 한 거 취소해야 할 거 같다고 그러시네."

"아 정말? 계약서까지 썼는데?"

첫째가 배 속에 있을 때부터 초등학교 2학년이 될 때까지 있었던 집이라 정이 많이 들었던 집이었다. 에너지가 폭발하는 두 아들을 키우면서도 매번 주의를 줬던 터라 아래층에서 시끄럽다는 말 한번 듣지 않고 층간소음 문제도 없었다는 것을, 특히 감사하게 생각하고 살았는데 계약서까지 쓰고 나서 갑자기 집을 비우게 될 줄은 꿈에도 몰랐다.

'하늘이 우리가 모르는 선물을 또 준비하셨나 보다.' 급작스러운 계약 파기 통보에 서운함을 감추지 못하던 우리 부부는 이때까지 그래왔듯이 새로운 신의 선물에 대한 기대감을 표현하며 분위기 전환을 시도했다.

결혼 후 크고 작은 이벤트들이 쭈욱 있어 왔지만, 처음에는 실망해도 우리 부부는 항상 이런 식으로 긍정적인 말을 하면서 서로 북돋아 왔다. 그런데도 이번 일은 아쉬움이 많이 컸다.

다행히 마포에서 '경청 부동산'을 운영하는 지인의 도움으로 기존에 살던 집 근처 아파트 1층을 빠르게 구할 수 있었다. 윤호가 커가면서 점점 더 들고 뛰는 횟수가 많아지고 있었던 터라 1층에 살면 좀 마음이 편하겠다고 대화를 나눈 적이 있긴 했다. 그런데 운 좋게 1층으로 갈 수 있어서 그나마 다행이라 생각하고, 한 달 뒤에 이사 갈 날짜를 잡았다. 그리고 2주 정도쯤 지났을 때였다. 바로 아래층에 긴 사다리가 걸쳐지더니 이삿짐이 빠르게 나가기 시작했다.

"지혜야, 아래층도 이사 가나 봐?"
"그러게, 이사 시즌은 좀 지나긴 했는데…."

새로 들어오는 아래층에서는 인테리어 공사 때문에 10일 정도 시끄러울 수 있다며 먹을 것을 마련해서 가져다주셨다. 공교롭게도 공사가 다 끝나고 아래층 분이 새로 이사 들어온 그다음 날이 우리가 이사하는 날이었다. 우리 가족은 이사 전날, 함께 했던 보금자리에 감사해하며 가족끼리 케이크를 사서 마지막 날을 기념하고 있었다.

"띠리리리~"
"아, 네~ 무슨 일인가요?"

다음 날 이사 가는 것 때문에 경비실에서 연락이 온 줄 알고 인터폰을 받았다.

"아래층에서 너무 시끄럽다고 하셔서 연락드렸습니다."
"아 네, 죄송합니다. 더 조심하겠습니다."

9년간 아이들이 뛰지 않게 최대한 애쓰며 살다가 이런 연락을 처음 받았는데, 그게 마침 아래층에 새로운 분이 오시고 우리 가족이 이사 가기 전날이었던 거다.

"와, 지혜야 우리 만약에 계약 연장해서 살았으면 이전처럼 마음 편히 있지는 못했을 것 같은데?"

그다음 날 우리 가족은 근처 아파트 1층으로 이사 갔고, 그때부터 지금까지 아이들은 이전과 비교할 수 없을 만큼 더 자유롭게 집안을 누비는 중이다.

"지혜야, 이번에 준비해 주신 선물은 이거였나 봐."
"이건 정말 너무 큰 선물이다. 우리한테나 아이들한테나."

살다 보면 인간의 정신과 육체만으로 감당하기 힘든 일들이 종종 찾아온다. 그럴 때마다 우리의 정신력과 체력을 다 끌어서 버티고 극복하는 것만으로는 한계가 생길 수밖에 없다. 이때 필요한 것이 바로 종교의 힘 같다. 문제가 발생한 차원과 똑같은 차원에서 문제를 바라보면 해결책이 안 보인다고 했다. 그래서 문제보다 높은 차원에서 바라보고 해석하는 시도가 필요하다.

우리 부부는 오랜 시간 함께 하면서 크고 작은 문제들을 겪어 보았고 그 과정에서 문제를 하늘의 선물로 받아들이는 훈련까지 같이 해보는 중이다. 차원을 다르게 해서 문제를 바라보는 것 말이다. 결혼할 때부터 시작했으니 12년 정도 되었다. 이 과정에서 우리 부부가 알게 된 내용들을 아이들에게도 각색 없이 전하기도 한다. 아직 어린 아들들이 100% 이해할 거라고는 생각하지 않는다. 그런데도 계속 이런 경험을 할 때마다 알려준다.

우리가 원하는 대로만 일이 흘러가지는 않을 수 있다는 사실, 그리고 그 속에는 우리를 사랑하는 신의 더 큰 사랑이 숨겨져 있다는 반전까지도….

아들 둘을 키우며, 같이 사업하면서 하루 종일 붙어 있는데도 한 번도 싸우지 않게 만들어 주는 가장 강력한 무기 중 하나가 바로 신의 사랑을 믿는 것이다.

같이 육아

어쩌다 한 번 있는 이벤트로 신의 사랑에 대한 확신을 이야기하려는 것은 아니다. 우리 부부가 실제로 입버릇처럼 하는 말이고, 크고 작은 이벤트들을 통해서 자주 확인하고 있기 때문이다. 누군가는 '정신 승리'라고 말할 수 있다. 그 역시 맞는 표현이다. 정신부터 승리하고 그다음 단계로 가는 게 맞으니까. 나를 비롯해 사람들은 논리적으로 따지는 것에 익숙하다. 자신의 관점에서 말이 안 되거나 납득이 안 되면 불편한 마음이 든다.

온라인에서 좋은 글을 보고도 그 안에 맞춤법 틀린 게 있으면, 다른 건 보이지 않는다. 그것 때문에 메시지 자체를 불신하기도 하고, 맞춤법 지적에 열을 올리며 댓글에서 다투기도 한다. 어떻게 반응할지는 각자의 자유다. 나는 논리적일 때는 논리적일 필요가 있다고 생각한다. 하지만 내 감정을 더 불편하게 만들면서까지 그것을 고집하고 싶지는 않다. 논리적으로 부족해 보이는 선택이라도 내 감정을 편하게 만들고, 덕분에 가정의 평온과 사업 매출에도 도움이 된다면 오히려 그 선택이 맞는 거라 생각한다.

누구나 위기의 상황에 신의 사랑을 믿고, 뜻하지 않은 방식으로 해결되는 일을 딱 10번만 겪어보면 내가 아는 논리로 해결되지 않는 게 존재한다는 사실을 받아들이게 될 것이다.

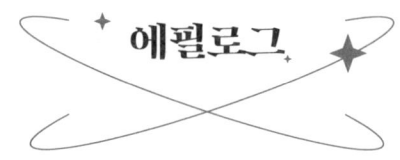

1%와 1초로 만드는 100%의 기적

먼저 끝까지 읽어주셔서 감사드린다는 말을 전하고 싶다. 우리 부부는 이 책을 통해 단순히 육아 노하우만을 전하고 싶은 게 아니었다. 진정 말하고 싶었던 건, 가족이 왜 존재하는지, 사랑은 사람을 얼마나 강하게 만들 수 있는지 같은 근본적인 이야기이다. 결혼은 정말로 필요한 것인지, 자녀는 꼭 낳아야 하는지 두렵고 의심할 수밖에 없는 현실을 살고 있는데, 육아 노하우를 더 알고 덜 안다고 삶이 드라마틱하게 변할 리는 없기 때문이다.

문제가 만들어진 것보다 해결책의 차원이 높지 않으면 문제는 풀리지 않는다고 한다. 뉴스를 보면 추락하는 혼인율, 출산율을 만들어 낸 차원에서 한 발도 벗어나지 못한 정책들이 쏟아지고 있다. 탁상공론과 관습에 의존해서 지금의 결혼과 출산 그리고 육아, 가정 경제 문제를 해결하는 것은 불가능해진 지 오래다. 우리 부부를 포함해서 현재 대한민국을 살아가는 분들에게 이런 문제들은 당장 내 발에 떨어진 불똥이다. 따라서 좀 더 적극적으로 불똥을 피하고, 나아가 불똥을 날려버리는 액션이 필요했다. 그래서 우리 부부는 같이 육아하고 같이 사업하는 현실에서 하나하나 부딪혀 가며 완전히 새로운 솔루션을 찾아가는 중이다.

누군가가 증명했던 안전한 길이 아니라 하나하나가 낯설고, 여전히 거친 테스트 과정에 있다. 이 과정에서 우리 부부가 선택하는 답은 완벽하지 않고 계속 변화할 것이다. 하지만 그 과정 자체가 소중하고, 그 자체로 이전보다 성장해 가는 것을 깨닫고 있다. 이런 날 것의 과정을 이 책에 수록하여 독자들과 공유한 것이다.

아시다시피 인생의 여정에는 계획하지 않은 수많은 변수가 곳곳에 존재한다. 예측하지 못한 변수들을 통해 같이 성장하는 파트너로 가족들이 존재할 때, 가족의 의미는 더욱 크게 다가오는 것 같다. 인생의 돌부리에 걸려서 우리 가족은 또 넘어지고 다치겠지만, 같이 성장하고 일어서는 역사를 매번 만들 것이고 이 역사는 대대로 이어질 것이다. 꼭 우리 대에서 완성되지 않아도 괜찮다는 마음을 먹으니 조급하지 않고 현재에 만족할 수 있었다.

독자 여러분의 가정에도 웃음과 눈물, 갈등과 화해가 공존할 것이다. 그 모든 순간을 이전보다 단 1%만 더 행복하게 만든다고 생각하며 1초만 다르게 바라보면 1년 뒤 여러분의 가정은 100% 달라져 있을 것이다. 여러분이 지금껏 쌓아온 서사와 상처들을 온전히 다 알지 못하기 때문에 무척 조심스럽지만. 다른 것은 몰라도 어제보다 오늘 딱 1 만큼 더 행복하게 사는 결정은 누구나 할 수 있고, 그것을 반복하면 이전과 다른 행복감을 누릴 수 있다는 사실이다.

미루고 미루다 나중에 한번에 누리려고 하지 않는다. 행복은 빈도가 결정하기 때문이다. 가정에서 지금 찾을 수 있는 행복감을 미뤘다가 5년, 10년이 지나 땅을 치고 후회하는 분들을 많이 만났다. 쉽지 않겠지만 이 책을 계기로 소중한 사람과 함께 행복을 발견하고 키워가는 연습을 시작해 보길 바란다. 그리고 이 책이 꼭 필요한 분께 한 번씩만 추천해 주길 부탁드린다, 단순한 책이라는 생각보다 새로운 삶을 살아가는 데 용기를 주는 책일 테니까.

육아하며 마음 쓰는 부모님들께도 마지막으로 전하고 싶은 말이 있다. 우리가 완벽한 부모가 될 순 없다는 사실을 기꺼이 받아들였으면 좋겠다. 또 나의 부모가 나에게 주지 못한 것을 내 자녀에게 온전히 채워주려고 자신을 몰아붙이지 않았으면 좋겠다. 그 결과로 자녀는 분명 또 다른 결핍을 얻고, 그다음 세대에 그 결핍을 채워주기 위해 자신을 몰아붙이게 될 확률이 높기 때문이다. 지금 느끼는 사랑을 아이에게 표현하는 것만으로도 충분히 훌륭한 역할을 다한 거라 말씀드리고 싶다. 스스로 부족하다 느껴서 완벽한 부모가 되려 할 때, 자녀는 오히려 숨 막혀할지도 모른다. 자녀에게도 부모의 빈틈을 열어두고, 자신이 무너질 때 자녀에게도 위로받고 서로 채워줄 수 있는 존재가 되어가면 좋겠다.

이 책이 육아와 경제적 안정이라는 두 마리 토끼를 쫓는 부부에게 작은 도움이 되길 바라며, 그 둘의 균형을 계속 찾을 수 있도록 부부가 반복해서 대화를 나눈다면 분명 진전되는 과정을 만들 수 있다. 따라서 여러분의 육아와 경제적 안정에 대한 도전은 분명 이전과 다른 방향성을 갖게 될 것이다.

변치 않고 우리 부부 곁을 지켜준 고마운 분들 덕분에 이 책은 나올 수 있었다. 멀리서, 가까이서 힘이 되어 주고 계신 분들의 얼굴을 매일 떠올리며 감사한 마음을 기억한다. 흔들릴 때, 기댈 수 있는 버팀목이 있는 건 얼마나 큰 축복인지 모른다. 우리 가족을 위해 기도해 주시는 분들의 사랑을 가슴 깊이 새기며 살아가야겠다. 오랜 시간 곁을 내어주는 순간랩, 버터플라이의 소중한 친구들, 창업 파트너분들, 자문하는 기업들, 콘텐츠랩코리아 고객사, 선 후배, 동료 분들에게 계속 기여하고 싶다. 같이 육아, 같이 사업하며 행복한 가정을 꾸리는 과정을 세상에 더 많이 감사하다는 말을 꼭 전하고 싶다. 마지막으로, 언젠가 이 책을 읽게 될 아직은 어린 윤재와 윤호에게 이 말을 전하고 싶다.

"너희는 세상 무엇과도 바꿀 수 없는 특별한 존재야. 너희의 존재 자체만으로 엄마 아빠는 이미 다 얻었어. 그럼에도 불구하고, 엄마 아빠의 부족한 모습을 많이 보겠지만 같이 웃고 같이 채우면서 우리 함께하는 동안 더 행복했으면 좋겠어. 윤재야, 윤호야 엄마 아빠에게 와줘서 다시 한번 고맙고 사랑한다."

오늘도
함께 크고
있습니다

초판 발행 2024년 11월 29일 초판 1쇄

지은이 신태순 김지혜
펴낸곳 피앤피북
펴낸이 최영민
인쇄제작 미래피앤피

주소 경기도 파주시 신촌로 16
전화 031-8071-0088
팩스 031-942-8688
전자우편 hermonh@naver.com
등록일자 2015년 03월 27일
등록번호 제406-2015-31호

ISBN 979-11-94085-23-2 (03810)